Waiting for the love of hopeless.

說不了再見

梅洛琳 著

對的你

他愛她，她愛他，他不愛她，
彼此都不願割捨，卻又無法逃避，
剩下的，只有悲哀和無止盡的癲狂……

崧燁文化

目錄

第一章

田馨從吹著冷氣的計程車出來，毒辣的豔陽逮到了漏網之魚，輻射向她投了過來，她舉起手略擋住陽光，仍止不住高溫的侵襲。

「小馨，妳還不快進餐廳。」田仲達從另一邊下車，見她怕熱便道。

「沒關係。」田馨站在原地。

田仲達走到她身邊，攬起她的肩膀道：

「是不是在等老爸呀？」

「對呀！」田馨也親暱的靠在他的身上。

難得一向忙碌的父親今天有空找她吃飯，田馨也從家裡到公司找父親，然後兩個人一起到餐廳用餐。

只是她不懂，父親的公司附近不是也有餐廳嗎？幹嘛要繞到這裡來吃飯？

田馨縱有疑問，也一閃而逝，跟父親出來吃飯高興就好，何必想那麼多？她跟著田仲達一起進了餐廳。

「歡迎光臨，請問有訂位嗎？」穿著制服的服務生走上前，親切的問道。

「我姓田，是訂十二點的。」

「田先生是嗎？請跟我來。」

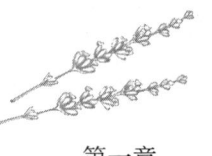

田馨挽著父親跟在服務生的身後走，她是第一次來這家卡迪歐餐廳，是田仲達提議要來這間吃飯的。

她看了一下裝潢，挺雅緻的，餐廳正中央還有假山流水，有人在水池的中間彈鋼琴，旁邊放著麥克風將音樂擴大出來，整間餐廳籠罩在柔和的美聲當中，心境也跟著祥和起來。

服務生帶他們到位置上，並幫女士拉開了椅子，田馨坐了下來。

「爸，我們不是只有兩個人？怎麼訂這麼多位置？」田馨疑惑的問道，他們坐的是四人座。

「喔……」田仲達避開她的眼神，對服務生道：「MENU，謝謝。」

老爸今天怎麼那麼奇怪？先是大老遠跑到這裡來吃飯，明明只有兩人卻訂四人的位置，是有什麼她不了解的嗎？

「妳下午沒有事吧？」

「沒有呀！」

「那好、很好。」

「有什麼事嗎？」

「沒有、沒有。」田仲達欲蓋彌彰，他那樣子分明就是有什麼事。明明是個縱橫商場數十年的能手，在這一刻卻局促起來。田馨從來沒見過父親如此，心中狐疑越來越甚。

還好服務生很快送上菜單，化解他的不安。

「小馨，妳看要吃什麼？」

「嗯……牛排好了，七分熟，謝謝。」田馨將菜單還給服務生。她跟著父親到過不少場合，吃遍各國美食，菜單上的花樣她已無多大興趣研究。

「我也來個牛排……」

「不行！」向來婉約的田馨抗議了，逕自替父親點菜，「麻煩給他魚排。」

「小馨……」

「醫生已經囑咐，說你要少吃點紅肉，你不可以不聽話。」田馨瞪著杏眼，不容拒絕。

「好、好。聽妳的、聽妳的。」

咦？這次老爸怎麼沒有抗議？往常她要是為了他的健康而限制他的飲食，他都要跟她爭個老半天，今天怎麼反常了？

有問題，真的有問題。

「爸，你今天是不是有什麼事？」

「沒、沒有啊！」

「可是你看起來好奇怪……」田馨決定問個清楚，免得被好奇心淹沒，這時一記清亮的聲音傳來——

「仲達兄，是你吧？」

田馨抬起頭來，見到一名豔麗的婦人，印象中彷彿在哪裡見過，好像是田仲達的朋友之輩，而婦人身後的年輕男子……

田馨呼吸一屏，忘了所處何處。

男子有對明亮的眼眸，像是睥睨大地的傲鷹，令人無所遁形。而那俊朗的臉孔必讓不少芳心傾慕，他太容易奪取異性的注意力了。而他渾身散發出飛揚的神采，像是隨時可以展翅，不過此時卻像困在牢籠裡的鷹王，她明顯的感受到他的困頓不安。

「麗卿，是妳呀！妳怎麼也在這裡？」田仲達站了起來。

「我跟我兒子來這裡吃飯，沒想到碰到你，就過來打招呼。顓伊，這是『咸昇』公司的田董事長，快叫人呀！」

「田董事長，您好。」楊顓伊彬彬有禮的打招呼，

「麗卿，這就是妳兒子呀？真是一表人才。」田仲達滿意的對楊顓伊道：「你叫顓伊是吧？我跟你母親認識，你也就不用客氣，叫我田伯伯就可以了。」

「是，田伯伯。」他的語氣有些僵硬，其他人都沒發現嗎？田馨可以清楚察覺到他的不耐，連她都替他感到緊張起來。

「既然都要吃飯，就一起坐吧？」田仲達的聲音是愉悅的——太過愉悅了。

「好呀！反正我們也還沒上菜，顓伊，來，坐下來吧！」方麗卿不客氣的坐了下來，讓兒子無從選擇。

「媽……」楊顓伊兩條眉毛已皺在一起，語氣已經開始煩躁起來。

「仲達兄，這就是你女兒嗎？果然遺傳了你的優點，真是個標致的小美女。」方麗卿直率的讚美讓田馨臉紅，怯怯的道：

「您太過獎了。」

「我只是說實話而已，顓伊，你說是不是？」

「是，田小姐的確是個美人。」楊顓伊不帶任何感情的道。

明明知道他只是客套話，田馨還是為他的讚美而心頭怦然，她低下頭來沒有說話，等她抬起頭來，田仲達已經易位，在她身邊坐了下來，而對面正好坐著楊顓伊，讓她呼吸急促起來。

「仲達兄，你女兒叫什麼名字？今年多大啦？」方麗卿開口問道。

「她叫田馨，單名一個馨，溫馨的馨，今年二十四……還是二十三？」田仲達拍了一下自己的腦袋瓜，「妳瞧，我這個老糊塗，連自己的女兒幾歲都忘了。小馨，妳幾歲了？」

「我……實歲二十三。」田馨低下頭才敢回答。

「顯伊今年二十七，剛好大田小姐四歲。」

這下已經很明顯了，田馨已經明白田仲達為什麼要在這裡吃飯，他要她來——相親！

老天！她沒有想到自己竟然被父親安排相親！更不可思議的，是她竟然一點也不生氣？她向來就聽父親的話，對於自己的人生也沒什麼大志，都照父親的要求走下去，也不覺得有何不妥，父親都是為她好，不是嗎？

就像現在他安排的這個相親……她沒想到她竟然會碰到這個人，眼前的他讓她心跳加速、呼吸停滯，雙頰像剛從滾水撈起來似的熱燙，全身的細胞好像在跳舞，整個人雀躍了起來……

他們說了些什麼她沒有聽到，田馨只聽到自己的心跳，看著他就坐在她眼前，注意他的一舉一動。他隨意的一個眼神，都令她局促，不敢亂動。這是什麼心情？為什麼這麼狂亂？

她今天服裝還好嗎？造型還可以嗎？原本只是以為跟父親吃飯，她並沒有特別打扮，這樣會不會太失禮？莫名的，她在乎他的反應。

驀地電話鈴聲響起，只見方麗卿接起手機。

「喂？是你呀？喔？好、好，我馬上過去。」方麗卿滿臉歉意的道：「仲達兄，對不起，我臨時有事得先走。」

「我要回公司，送妳一程吧！」

「好呀！」

於是這兩個很明顯套好招的老人就這麼消失了，只剩下楊顓伊和田馨兩人。

※　※　※

時間彷彿凝住了，空間變得無限遼闊，而唯一與她並存的，就是坐在她對面的楊顓伊。

田馨握住桌子底下的雙拳，緊張的滲出汗來。

她沒有遇過這種狀況，父把丟下她一個人，難道不怕她出糗嗎？萬一她說錯了什麼話，或做錯了什麼事，那他不就……

「田小姐？」楊顓伊開口了。

「啊？喔！」田馨跳了起來，碰到桌子，水杯裡的水都跳了起來。

楊顓伊眉頭微蹙。糟糕！田馨暗暗叫苦。

「妳不用緊張，我想妳應該知道，妳父親和我母親設計了這一次的相親吧？」楊顓伊挑明了事實，田馨只能呆呆的點頭。

楊顓伊看著她的模樣，不覺好笑起來，又繼續道：

「所以呢，我們就打開天窗說亮話吧！我不知道妳是怎麼樣，不過我是被我母親騙來的。」

好……好坦白！田馨也順著他：「其實……我也是。」

「那就好了。」楊顓伊忽然鬆口氣，他將身體放在椅背上，開心的道：「這樣的話，我們就應該有共識了。對於這場被設計的相親，我不是很能接受，而且我也不想騙妳，更不想耽誤妳，我已經有女朋友了。」

轟！

田馨呆在原地，無法動彈。

有哪個相親的人，會在這種場合，直接說出自己已經有女朋友嗎？田馨感到羞慚，好難堪，恨不得找個地洞鑽進去。

「呃……恭喜你。」

「妳一定很奇怪我明明有女朋友了，為什麼還會來這裡？因為我母親還不知道我的狀況，又私自把我帶來這裡，這樣對妳真是不好意思。我代我母親向妳道歉。」他鄭重而嚴肅的道，讓田馨備感不安。

「不……不用了啦！」

「我相信田小姐是個明事理的人，所以才直接把話說出來，妳不要見怪。」

「不會、不會。」他都這麼說了，她能怎麼樣呢？再說她也不是偏激的人，做不來其他事。

只是……淡淡的失望。

楊顯伊笑了，他的笑容好燦爛、好亮眼，卻也刺痛她了。

「不過我要聲明，田小姐妳真是個很好的女孩。妳人漂亮氣質又好，如果我沒有女朋友的話，我一定會追妳的。」

「是……嗎？」她竟然還呆呆的反問。

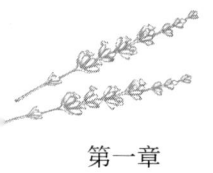

楊顯伊只是想說安慰話，沒想到田馨竟然反問。他一愣，面對她那張秀麗的臉龐，心頭竟然閃過一絲柔情，他誠心誠意的道：

「是的。」

他的話很動聽，很甜蜜，只是……摻在苦澀裡，讓她要也不是，不要也不是，她的反應會不會太大了？

※　※　※

「小馨，妳的鬆餅來囉！」

莊靜玉將她的特製鬆餅放在田馨面前，田馨才恍若大夢初醒，回過神來。望著她所喜愛的甜食，現在她一點胃口也沒有。

「怎麼啦？」莊靜玉見她靜靜的，沒有說話。

「沒有啊！」田馨勉強打起精神來。

「沒有就嘗嘗看我新研發出來的鬆餅，看味道怎麼樣。」莊靜玉充滿渴望的看著她。

這家咖啡店是她開的，有時候推出什麼新甜點就會找田馨來試吃。因為田馨那張吃遍天下甜食的嘴巴只要說好吃，客人反應就不錯，找她當白老鼠準無疑。

田馨勉強打起精神來，也不清楚有哪裡不同。莊靜玉已經將糖漿塗在鬆餅上，也不用她動手，她只要拿叉子送進嘴巴就可以了……

「唔！」她摀住嘴巴。

「怎麼了？」

「妳在上面加了什麼？」田馨吞也不是，吐也不是。

「嘿嘿，這就是我昨天研究了好久，所特製的獨家祕方——檸檬糖漿，味道怎麼樣？」莊靜玉得意的道。

「很……特別。」田馨拿起開水猛灌。

「怎麼了？看妳那副表情，很難吃嗎？」莊靜玉有點失望。

「妳怎麼會想出檸檬糖漿這個點子？」

「因為我想替我們的新甜點來點新花樣，就把檸檬汁加到蜂蜜裡頭。我怕蜂蜜的味道太甜，會把檸檬的味道蓋過去，可是花了不少時間調合它們呢！如果產品可以上市的話，我就要把它取名為——戀愛的滋味，酸酸又甜甜。怎麼樣？這個點子夠酷吧？」

「檸檬糖漿？妳確定妳有加蜂蜜嗎？」

「有啊！難道不夠甜嗎？我昨天只想要讓蜂蜜有特殊的味道，就一直加檸檬汁下去，怎麼樣，味道不對嗎？」

「妳沒有試過味道嗎？」田馨臉色黯了下來。

「沒有啊！我想說妳要過來，剛好昨天又把糖漿做好，就乾脆直接拿來請教妳囉！」

難怪她酸得牙齦發痛，整個口腔都溢滿酸味，這是哪門子的戀愛滋味？連甜蜜都還沒嘗到，就只有酸澀。莊靜玉是創意有餘，能力不足。

「小姐，妳是不是連皮都沒削就榨汁？」

「小馨，妳好聰明喔！我只是把檸檬切一切，就直接放入果汁機，妳連這一點都喝得出來，太厲害了！」

田馨向來自認個性算溫和，可是在這一刻，她真的很想打人……

門口的風鈴響起，莊靜玉和店裡小妹習慣性的喊了聲：

「歡迎光臨！」

在看到進來的客人時，口中的味道一如她心中的滋味，雖然已經用開水沖淡，但澀澀的滋味仍蔓延開來……

「楊先生，你來啦？」莊靜玉站起來招呼，又轉頭對櫃檯裡的小妹喚道：「小蝶，楊先生的鬆餅做好了沒？」

「剛烤好，現在馬上包起來。」

「楊先生，對不起，你再等一下。」莊靜玉陪著笑臉。

「沒關係……咦？田小姐，妳怎麼會在這裡？」楊顓伊發現坐在櫃檯旁的桌子邊的女人，訝異的問道。

「欸……是啊！」田馨身體又開始僵硬，舌頭有點不聽使喚。

「咦？楊先生，你們認識呀？」莊靜玉看著他們兩個。

「呃……也不算認識，不過倒是和田小姐有一面之緣。」楊顓伊有所保留，田馨早已面紅耳赤了。

「一面之緣？」莊靜玉開始惴惻。

小蝶將裝好的鬆餅拿了出來。「楊先生，您的鬆餅好了。」

田馨鼓起勇氣，開口和他說話：

「楊先生也喜歡吃甜食嗎？」

「我還好，這是我女朋友要吃的。她喜歡吃這家的鬆餅，常常外帶，我就替她拿了。」

「那你女朋友呢？」莊靜玉聽他話中有話。

「在外面的車上。」

「請她進來坐坐嘛！你是我們的常客，我們卻還沒見過你女朋友，這樣太不夠意思了喔！」

「下次吧！我們還有事，那我先走了，再見。」楊顓伊拿了外帶，將錢放在櫃檯，朝田馨笑了一下，走了出去。

他那如陽光般的笑容照的人無法抵抗，充滿幸福與喜悅，是因為他女朋友的關係吧？明知道不該有奢想，田馨感到自己正在淪陷……

「小馨，來、來！」莊靜玉拉著她走。

「幹嘛呀？」

「到外面偷看一下楊先生的女朋友長什麼樣啊？他每次來這裡都是替他女朋友拿外帶，這麼好的男人很難找了。我想看看是什麼樣的女人會讓他幫她做事情？哎呀！別說這麼多了，快點跟我來啦！」莊靜玉將田馨拉到門口，正好看到楊顓伊上了車，然後揚長而去，而他身邊有個纖細的人影。

「啊！沒看到，真可惜，下次我一定要想辦法看看他女朋友長什麼樣子！」她已經要被好奇心淹沒了。

而浸在酸澀裡的田馨，連身體都可以嘗到它的滋味……

※　※　※

田馨打開門，回到了家中，田仲達已在裡頭久候多時。見到田馨回來，他反而有些緊張，站了起來。

「小馨，妳回來了呀！怎麼這麼晚回來？」

田馨看了下時鐘。「才九點多，還好吧？」

「對了，那個楊顓伊……妳覺得他怎麼樣？」田仲達緊張的搓著雙手，對於中午欺瞞她去相親，他心底也有些愧疚。不過為了女兒將來的幸福著想，他可是煞費心思。

「那個楊顓伊呀……他人不錯呀！」不錯並不能表露出她對他的激賞。

「那……你們後來又去哪裡了？」田仲達以為女兒這麼晚回來，是跟楊顓伊出去了。

「我們沒有去哪裡。」

「什麼？你們兩個就一直待在餐廳直到現在？」田仲達有些驚訝，讓田馨啼笑皆非。

「爸，你想太多了，我下午是去靜玉的店裡坐坐，至於你說的那個楊顓伊……他有女朋友了。」田馨決定跟父親講實話。

「什麼？」田仲達大吃一驚，「麗卿明明跟我說她兒子沒有女朋友啊！」

「我不知道他們母子是怎麼溝通的，不過人家是真的有女朋友了。」而且誰知道那麼巧，在莊靜玉店裡的時候，還看到他身邊有個倩影，對她來說，真是一個天大的笑話。

她的希望還沒開始，就已經破滅了。

田仲達一臉歉疚：「小馨，抱歉，我並不知道……」

「爸，沒關係，很晚了，我先上樓休息了。」既然無緣，她也不能說什麼，不過她還是很高興能夠遇到他。

才見過一次面，就對人家戀戀不捨，未免太誇張了。

望著田馨離去的身影，田仲達拿起電話準備撥打給方麗卿，後來想想不妥，還是放了下來。

小馨向來溫婉，她對這件事也沒什麼反應，看來也沒怎麼生氣，他心上的石頭也放了下來。而跟楊家是十幾年的交情了，他也不想跟方麗卿撕破臉。整件事就當是一場誤會好了。

而田仲達沒想到，事情出乎他們的意料發展。

第二章

楊顓伊回到家，方麗卿坐在客廳。不妙！見母親一臉肅殺，肯定沒好事。儘管如此，他還是得硬著頭皮面對，打聲招呼。

「媽，妳還沒睡呀？」

「你都還沒回來，我怎麼睡？」方麗卿冷冷的道。

「媽，我已經不是小孩子了，妳不用守門了……」

「守門？你以為我在踢足球嗎？」

「偶爾運動運動也不錯。」

「顓伊！」方麗卿快被他氣死了，這小子，淨會跟她耍嘴皮子。「你下午去哪裡了？怎麼沒回公司。」她轉回正題，她早就從公司方面得知他的動向了。

「就……出去走走。」

「跟田小姐嗎？」

「只准跟田小姐嗎？」

「總比跟那個雨竹好……」

「媽！」楊顓伊叫了起來，臉色沉了下來。「雨竹是個很好的女孩子。」他不懂為什麼只要一談到梁雨竹，母子倆就會翻臉。方麗卿從來不把梁雨竹當做媳婦人選，所以才會有中午那場鬧劇，讓他很苦惱。

「只有你會把她當寶。」

「媽！」楊顓伊叫了起來，語氣有著無奈，「妳為什麼總是對雨竹有成見。」

「不是我對她有成見，而是那個女孩子眼神不對，目光不正，這種人多半心機深沉，我不希望你吃虧。」

「妳想太多了。」

「顓伊，你聽媽的，媽不會害你的。」方麗卿苦口婆心。

「媽，我知道妳是為我好，不過感情這回事，是很難說的。我希望妳能夠去體會雨竹的優點，而不是一味的批評她，畢竟她是妳未來的媳婦。」楊顓伊還是堅持己見。

「什麼？你要娶她？」方麗卿吃驚的喊了起來。

「妳不是一直希望我能夠成家嗎？現在我已經有了對象，妳應該很高興。我知道雨竹的出身不高，又是育幼院出來的，學歷也不高，但是難能可貴的是她力爭上游，不被困頓的環境所打倒，有這樣的媳婦妳應該很驕傲才是。」

「顓伊……」方麗卿還想說什麼，楊顓伊揮手打斷。

「我要去睡了。」他說著就上樓去了。

方麗卿坐了下來，頭痛地撐著額頭。在楊顥伊的心目中，梁雨竹已經根深蒂固了，她要怎麼樣，才能讓兒子不再受那個女人的迷惑呢？

※　※　※

平常的時候，田馨就是到莊靜玉的店裡坐坐，偶爾幫她一點小忙，再不然就是到父親的公司走動走動，真的無聊至極時，才會到百貨公司、三溫暖之類的地方打發時間。

有時候想想，這樣的生活真的是她要的嗎？到底有什麼事物，是讓她足以依託的呢？

「什麼？妳要回去相親？」閒散的情緒在聽到莊靜玉這麼說時，不由得高漲了起來，她驚訝的看著這自詡為新時代的前衛女性，竟然會用這麼傳統的方式決定她的人生大事？

莊靜玉連忙摀住她的嘴巴，壓低聲音道：

「妳小聲一點，很丟臉耶！」

田馨看了一下四周，還好這時候沒什麼客人，再不然就離她們都挺遠的，她才繼續道：

「妳媽怎麼會突然要妳回去相親？」莊靜玉的老家在中部，由於求學時就來到北部，所以畢業之後，莊靜玉就乾脆在臺北開店。雖然離鄉背井遠了點，不過總算是闖出一番成績。

「其實我媽她已經催了我好久了，是我一直拖著不肯回去，可是……」她嘆了口氣。「這次再不回去不行了，再被她唸下去的話，好像我是個不孝女似的。所以我想我回去的這兩個禮拜，妳幫我看一下店。」莊靜玉的個性大剌剌，思想也新潮，不過骨子裡還是個孝女，也不想讓母親傷心。

「要兩個禮拜？那麼久？」

「沒辦法，誰叫我很久沒回去了。」少說也快半年了吧？難怪莊靜玉的母親碎碎唸個不停。

田馨咬著下唇，為了朋友，她道：

「我是可以幫妳，可是我平常來這裡都在吃吃喝喝，也沒做什麼事，真的要幫的話，我不知道要怎麼做。」

「妳放心，大部分的事情小蝶會處理，妳就幫我招呼招呼客人、算算帳什麼的，其實最主要的……」她突然神祕兮兮的壓低聲音，「就是幫我注意一下我請來的工讀生有沒有偷懶，回來再跟我報告就可以了。」

「他們會嗎？」田馨有些疑惑。

「現在的九年級生呀！做事都要在後面盯著才行。要不然都會趁機搞鬼。反正他們知道妳是我朋友，只要妳在這裡他們就不敢亂來。怎麼樣？這個忙幫不幫？」莊靜玉語氣半帶威脅。

到靜玉的店裡幫忙，那……是不是可以再碰到楊顓伊呢？

莫名的浮起這個念頭，事情都已經過了一個禮拜，她為什麼還會想到他？他說過他女朋友喜歡這裡的鬆餅，那麼……他是不是還會為了他女朋友過來呢？

期待在心中膨脹，也許，她還有一點夢想。

雖然知道不可能，但是幻想並不犯法，想想還是可以吧？為著私人的理由，田馨答應了。

「好。」

※　　※　　※

「歡迎光臨。」

用著嬌柔的聲音喊著歡迎詞，與莊靜玉那高亢嘹亮的嗓音比起來，店裡的生意並不因此有所影響，反而因為多了張生面孔而讓老客人有新鮮感，多少和田馨聊上兩、三句，生意更好了。

在田仲達的寵溺下，田馨除了偶爾到公司幫忙，大部分時間都可以隨意安排，有時候過多的時間反而無所適從，現在略微忙碌的日子，感覺很好。

她是個嬌嬌女沒錯，有的時候，她也希望能到外面闖一闖，不過都被田仲達勸阻下來，所以直到現在，她還是在家裡安分守己。這次要不是站在幫忙的角度，田仲達也不怎麼想讓她拋頭露面。

自己……只適合待在溫室裡嗎？

沒時間想那麼多了。招呼完上一個客人，門又被推開了，靜玉的店生意真是不錯。

「歡迎光……」她上前要打招呼，卻發現舌頭打結了。話在舌尖翻轉，卻怎麼都衝不出口。

田馨呆呆的看著眼前的男人，直至楊顓伊打趣的道：

「怎麼了？不歡迎我嗎？」

「不、不是。」她趕緊搖頭，臉已經紅了起來。

「那還好，我還以為自己不受歡迎呢！」

「沒有啦！」她趕緊申明。

望著她布滿紅暈的臉龐，楊顒伊突然有種悸動。她不算頂尖的大美女，和他往常所見到的高傲、冷豔、任性、驕縱的富豪世家美女是截然不同的，她渾身散發的柔和氣息讓人感覺很舒適。如果可以，為什麼不選擇這類美女呢？

「妳怎麼會在這裡？」看她忙來忙去的，他好奇的問道。

「這家店的老闆這幾天有事不在，我是來幫她的忙的。你想吃什麼嗎？」田馨連忙把手上的單子拿給他看。

「先給我杯咖啡吧！」

「好，你稍等一下。」

田馨轉身離開，臉上不由自主浮出微笑。那笑意偷走了她的知覺，使她的嘴角綻在最優美的弧度而不自覺。

他來了，他真的來了。

本來以為只是心中的小小夢想，而他……真的來了，帶著一身的悠然，再度擾亂自己原本的平靜……

端著咖啡，她深吸一口氣，免得雀躍的腳步會把它打翻。

「楊先生，你的咖啡來了。」和他的交集只有這麼一刻，她希望能在他面前展現出最好的一面。

「謝謝。」

「你……還需要什麼嗎？」她希望多留在他身邊一會，就像繞在花朵邊的蜂蝶，貪戀花香不肯離去。

「不用了，謝謝。對了，有空嗎？坐下來一起聊聊嘛！」楊顓伊提出邀約，讓田馨受寵若驚。

「呃？我……」

「不方便嗎？」

「沒、沒有。」她順從的坐了下來。

只是坐下來後，田馨不曉得如何自處，在他面前總令她手足無措，不曉得自己要如何擺，才不至於破壞這一刻……

楊顓伊笑了起來，讓田馨更加緊張。

「你在笑什麼？」

「我只是想到妳的名字，覺得很可愛，才笑了起來。」看出她的不安，楊顓伊解釋著。

「我的名字？」

「對啊！上次聽到妳的名字叫做田馨，跟甜心同音，不知道哪個男人，會把妳當做他的甜心呢？」他突然出現不可解的敵意，針對自己虛構出來的男人。

「喔……這名字……是我父親取的。」她因他這番話而更局促。

「取得很有意思呀！」

不想繞在這個令人羞赧的問題上，她問道：

「楊先生怎麼有空過來？」

「我來等我女朋友的。」在搬出梁雨竹後，楊顥伊感到有什麼被剝奪了，心頭湧起的異樣感覺被梁雨竹所打碎，他有點後悔。

所有的好心情在這一刻消失殆盡，田馨的臉色由紅變白，一直緊握著的拳頭關節竟然放鬆下來，然後一股失望湧上……

「喔？那……她人呢？」

「應該等一下就會過來了。」

再見他一面，其實只是奢望，既然如此，在夢想成真的時候後就該收斂那顆貪婪的心了，可是……為什麼心底彷彿正被什麼蝕空呢？

「你女朋友……是個什麼樣的人？」她乾澀著喉嚨問道。

「雨竹是個很努力、很上進的女孩，雖然是從育幼院出來的，不過我就是欣賞她那份力爭上游的積極態度，和對凡事都不放棄的決心。她雖然只有高職學歷，但目前還在進修，所以我要她辭掉工作，專心的念書。」說到梁雨竹，楊顗伊整個人都振奮了起來，她是他的驕傲。

而他也不知道為什麼，能夠對才見沒幾次的田馨透露女友的過去，並不是每個女人都能接受雨竹這樣的女孩，她們總覺得雨竹跟她們差了一大截。畢竟他所接觸的都是上流社會的高知識分子，像雨竹這種平民百姓，他們通常不屑一顧。

可是面對田馨他可以毫無保留，是因為她讓他覺得很舒適、很自然，毫不拘束嗎？無疑的，他對田馨有好感。

「她的確是個很優秀的女孩子。」田馨無法想像那是個怎樣心性的女孩，她跟她是不同世界的人。

楊顗伊看著她，突然冒出：

「妳們兩個風格完全不同，但都是不可多得的好女孩，妳和我以往認識的女人很不一樣呢！」縱使對她有好感，他還不敢坦白。

聽到他的讚美，田馨嬌俏的臉上布滿了紅暈。

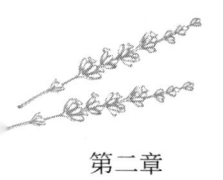

「謝……謝謝。」

「抱歉，我不是有意比較，只是突然有感而發。」楊顓伊解釋著。

「沒關係。」

「顓伊，對不起，讓你久等了。」一個悅耳的女音從她身後傳了過來，田馨回頭一看，只見一個標致的女孩子走了過來。

女孩有著溫婉的外表，氣質楚楚可人，任何人看了都會不由自主地生出一股憐惜之情，再加上知道她的身世，更是令人同情。楊顓伊想必就像她的英雄吧？將她從魔龍的手中解救出來。

田馨明明知道不該這樣，可是她還是免不了一絲絲妒忌……

梁雨竹走到楊顓伊身邊，疑惑的問：

「顓伊，這位是……」

「這位就是你女朋友嗎？」田馨趕緊從座位上站了起來，臉上掛著笑容，卻有些勉強。「妳好，請問要吃什麼？」

梁雨竹疑惑的看著她。「妳是這裡的員工？」那為什麼能跟客人同座？

「是這裡的老闆有點事，所以我來幫忙而已。妳先坐一下，我去拿菜單過來。」田馨說著便轉身離去，因為她無法在他們面前從容。她只盼自己不要讓他們看出端倪。

梁雨竹坐了下來，開始詢問：

「顓伊，她是誰？」

「就是上次我跟妳提過，我媽竟然騙我去相親，她就是那個相親的女孩子。不過妳放心，我已經跟田馨講得很清楚了，所以只是朋友而已。」

「甜心？」

「她姓田，單名一個馨字，溫馨的馨，妳可別誤會喔！」

梁雨竹才安心下來。不過……方才田馨那不自然的態度，卻逃不過她的眼睛。

「你母親會把你帶去相親，那她的條件一定很好囉？」

「她的家世不錯，生活也不虞匱乏，她會在這裡上班，純粹只是幫她朋友而已。對了，這家店就是她朋友開的，以後妳可以跟這家店的老闆要更多折扣喔！」楊顓伊開玩笑的道，企圖化解她的疑慮。

「你對她印象很好哦？」梁雨竹眉頭一挑。

「我是欣賞她沒錯，不過我更愛的是妳，雨竹，妳不要想太多。」楊顓伊握住她的手，堅定的道。

梁雨竹望著忙碌的田馨，若有所思。

※　※　※

田馨咬著下唇，望著電視發呆。雖然電視上主持人講述引人發噱的笑話，但她一點兒也沒聽進去，她只是需要吵嘈來隔絕外在的世界，然後好好思考。

有種騷動在心底作祟，督促著她得有所改變。

和楊顥伊談的話不多，但他每句話都砸在她的心中。尤其當他講到他女朋友時，臉上所綻放出的光采，他很為他的女朋友驕傲。

在育幼院出生，力爭上游、努力不懈……這樣勤奮的人最為人欣賞。

相較之下，她就太遜色了。

含著銀湯匙出生，從小到大過著養尊處優的生活，她衣食無虞，是否也因此消磨她的大志？

說實在的，她並沒有特別的志向，她只是平平順順、安安靜靜過著日子，沒有什麼事太值得她費心。然而……這樣的生活，是不是應該有所改變？

她不想再躲在城堡裡，過著不食人間煙火的日子。

她也想成為楊顥伊欣賞的女人，就算不能夠在一起，她也希望自己能夠有所改變。

決定了，她要跟田仲達好好商量。

「爸！」

田馨推開書房，走了進去。

「小馨啊？」田仲達戴著眼鏡，正在看帶回來的公文，「有什麼事嗎？」

「爸……我想……」她遲疑了下，終於說出口：「我想去上班。」

「妳不是已經去靜玉的店裡幫忙了嗎？」田仲達也知道她在幫靜玉的忙。

「不、不是，」田馨知道他誤會了，「我說的是……自己到外面找個工作，投遞履歷、通過面試，然後才能進去上班的那種工作，而不是在靜玉的店純屬服務性質，因為那樣……我根本踏不出去。」

田仲達訝異不已，他取下眼鏡。

「妳在說什麼？妳要出去上班？」

「對。」

「妳不是也會來公司上班？」

「爸，我想要的，不是在你的公司上班。不是我不願意幫你的忙，而是我想站出去，離開熟悉的圈子，看我在外面能做什麼、能做多少。」

「小馨，妳別亂來，外面的世界不是妳能想像的。」田仲達連忙阻止。

「就是不知道怎麼樣，所以我才想去認識一下啊！」

「小馨！」田仲達站了起來，走到她的身邊，嚴肅的道：「妳是爸的寶貝，爸不希望妳受苦。要去工作，可以，讓爸來安排好嗎？爸會在公司裡安排最好的位置，讓妳好好做事。」

「爸，不要替我安排。」

「讓爸安排有什麼不好呢？妳聽爸的沒錯，爸不會害妳的。」

「我知道，你說的我都知道，只是……爸，如果在你的安排下上班的話，我會覺得……很沒自信、很沒成就……難道我什麼都做不成嗎？」田馨毫不掩飾地說出心中的想法。

「小馨，外面很累人的。」田仲達沒想到他的好意會讓女兒感到挫折，相當意外。

「再累，也要經歷過才知道。你就讓我累，我願意。」

「小馨，妳是受了什麼刺激？怎麼會說出這種話？」田仲達一夕之間，無法接受她的改變。

「我沒受到什麼刺激，我只是想做一點事情，就算是為了自己。」

「可是妳完全沒出過社會，就這樣去上班，行嗎？」田仲達急得連邏輯都倒亂了，田馨笑了起來。

「爸，我如果不去上班，怎麼能出社會？」

「這……可是……」

「你就讓我試試看吧！去上班我又不會少塊肉，還可以增加自己的見識，這樣將來在你的公司上班時，也比較有裨益呀！」

「不行！」田仲達拒絕著。

「爸……」

「在家裡好好的，幹嘛要去上班？爸可以養妳一輩子，妳又何必自討苦吃？」田仲達想不透女兒的改變所為何事。

「爸，你別這樣，讓我試試看嘛！」

「不行！」

「爸……」

第三章

在田馨的哀求下，田仲達終於答應放她出去。別看田馨的脾氣柔順，她的個性卻執拗得很，一旦她決心去做的事，就會堅持到底。她並不像她外表所表現出的百分百柔弱。

就像現在，爭取到田仲達的首肯，讓她開心不已。

這是她第一次，完完全全的踏出家裡，走出呵護她的城堡，向外面的世界挑戰，有點恐懼、有點緊張，但更多的是期待。

「田小姐，妳被錄取了，明天來上班。」

坐在會客室裡，田馨聽到前來通知她的人事部主任告知她這個好消息，又驚又喜又疑，她瞠目結舌，不敢相信的看著對方。

「是……是真的嗎？」

「當然是真的。」

「謝謝你，胡主任，謝謝你。」田馨忍不住一個勁兒的道謝，逗得胡主任不覺好笑起來，她的反應也未免太逗趣了。

於是在隔天，田馨再度來到了「東盟」。

「東盟」在企業界只是間中小企業，和田仲達橫跨歐、亞的公司相比，它並不值得一提。但是田馨並不因此而不屑，她清楚每一間公司都有它的價值存在，未來發展潛力不可估量。

雖然公司不大，但人數也有二十多人，昨天她來應徵的時候並無心情打量，今日到了新職位上，對四周的環境也開始好奇起來。

「小細，這是妳的新夥伴，從今天開始，妳們就是同事了。」胡主任把田馨帶到小細的身邊。

「喔！」

小細從成堆的公文中抬起頭來，方型的臉上被一副厚重的方型眼鏡蓋住，頭髮全部挽在後面，額前密密的瀏海遮蓋住她的額頭，神態看起來就是典型的工作狂。而一對上她那雙銳利的雙眼，任何人都會被懾住。

「妳……妳好。」田馨有些緊張的開口。

「妳就是新來的？」小細抬起眼鏡細審她。

「對。」

「知道工作內容嗎？」

「知道。」

「那就把這些廠商給的規格跟型號核對一遍，再跟工廠那邊確認，確認完了就打電話給這些公司，通知什麼時候會出貨，傳真過去，然後……」小細劈哩叭啦講了一堆，也不顧田馨消化完畢沒有，就把事情都交代下去，末了才道：「有什麼不了解的再來問我。」

「知……知道了。」田馨擠出一抹苦笑。

天知道自己到底記清楚了沒，她才剛接觸總務這份工作，連類似的經驗都沒有，如何下手？做起來自然是笨手笨腳、錯誤百出。

小細在抽空時抬起頭來看了一下田馨，看見她手中的東西，倏地叫了起來：

「怎麼這麼慢？這個東西中午前要發出去的，不行！會來不及啦！」她站了起來，到田馨身邊，開始在她耳邊絮叨。

小細的每一個字都彷彿石頭，在她腦中砸來砸去，田馨感到很挫敗、很無力，然而時間不容許她自怨，跟著小細的步伐，她慢慢的開始有了條理。

等到十二點時，東西終於弄完了。

呼！她鬆了口氣，正等著小細的命令時，她突然說：

「好，時間到了，吃飯。」

啊？什麼？她才剛來，不是應該努力操她、用力操她，新人不就該任勞任怨、任人蹂躪嗎？她已經做好心理準備了。

「妳有帶便當嗎？」小細又問道。

「呃……沒有。」

「那妳去樓下吃飯吧！公司附近應該有餐廳，一點上班，記得準時上來。」小細說完就到茶水間去了，田馨瞄了一眼，她正從冰箱拿出便當，放進微波爐加熱。

忙碌的時間、嚴謹的同事、規律的制度，不一樣的世界。

田馨發著呆，須臾才想到該下去吃飯了，一點要上班呢！要是沒吃飯沒有體力的話，下午可不知道要怎麼過呢！

起身走向大門，她準備下樓去找餐廳，迎面而來的人卻令她忘了吃飯、忘了呼吸，只剩下劇烈的心跳……

「田……田馨？妳怎麼在這裡？」楊顓伊訝異的大步向前，臉上有掩飾不住的喜悅。

「我……我……你又怎麼會在這裡？」

「我在這裡上班呀！妳是來找人？還是……」他又驚又喜。

「總經理，你回來了呀！」小細端著便當從茶水間走出來，見到楊顓伊時便道：「傳真已經在早上發出去了，你有幾通電話我留在你的桌上。」小細除了擔任總務課長之外，還兼職總經理的祕書。她是「東盟」的開國元老，對公司運作相當熟悉，楊顯伊也很放心的把事情交給她。

「謝謝你，小細。」楊顯伊將注意力重新放回田馨身上。「妳還沒告訴我，妳怎麼會在這裡呢？」

「我……我在這裡上班。」總經理？他是這裡的總經理？

「妳在這裡上班？」楊顯伊睜大了眼睛，相當吃驚，那吃驚的樣子似在他心頭狂跳，衝擊著不知名的情愫……

「你……是這裡的總經理？可是你不是『高康』的……」

「『東盟』是『高康』分立出來的子公司，我是這裡的負責人，妳在來之前難道不知道嗎？」「高康」是他的父親在生前所創立的公司，目前由母親接手，他在裡頭也擔任職位。

田馨搖搖頭，為自己的見識淺薄而感到不好意思。

「那無所謂，已經中午了，妳要出去吃飯是嗎？」楊顯伊毫不介意。

田馨點點頭。

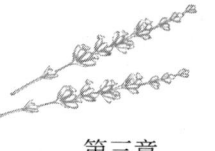

「這樣吧！我帶妳出去吃飯。」

「總經理！」一直沒有說話也沒有吃飯的小細突然開口了。

「有什麼事嗎？」楊顓伊回過頭來看她。

「記得一點上班。」小細說完就回到座位上去了。

※　※　※

走出大樓，田馨跟在楊顓伊的後面。他的步伐很大，她要小跑步才能趕得上他，雖然有點小辛苦，她卻甘之如飴。

「妳想吃什麼？」楊顓伊回過頭問她。

「都可以。」

「那去吃牛排好了？離這裡有點遠，不過那家的牛排很好吃。既然要去吃牛排的話，我們開車去好了。」

「不用了。」

「沒關係，我請客。」

「我……我擔心趕不回來上班。」跟小細在一起工作，她也緊張起來。

楊顓伊看著她，嘴角浮現笑意。也不知道怎麼的，只要一看到她，就感到很舒適、很自在，心情不由得好起來。

「如果妳是在意小細的話，那妳大可放心。因為她那句提醒是針對我的。」

田馨想起他們離去前，小細還特別吩咐，也不禁生出疑惑，他是公司的總經理，會不知道公司什麼時候上班嗎？

楊顥伊無法老實跟她講，因為自己的前科太多，常常過了時間才進公司，所以身為公司元老的小細才會三不五時就提醒他的責任，他也知道她是為了他好，不過……感覺太像老媽，所以有時候耳根子都不得清閒哪！

「那妳先等我一下，我去停車場把車子開出來。」楊顥伊從口袋掏出鑰匙，田馨連忙拒絕。

「楊先生……呃，楊經理，真的不用了。」她連忙改了稱謂。

「不行！認真說起來，我還欠妳一頓呢！第一次見面的那天對妳那麼無禮，真不好意思……不過我不喜歡造成誤會，免得會錯意，所以今天這一頓就讓我請吧！」他誠懇的樣子很難讓人拒絕，尤其是他的請求，田馨不由自主點了點頭。

「妳就站在這裡等我，我馬上回來。」楊顥伊向大樓的停車場走去，田馨繼續站在原地。

她還處在驚愕當中，他竟然是她的上司？

看來，這一步是走對了，也許……田馨有著期待，卻不敢要求太多，她沒忘記他是屬於另外一個女人的。

她不想奪人所愛，只希望能夠每天見到他，就這樣子而已。

「叭！叭！」

喇叭聲喚醒了她，楊顗伊在路邊等她，她趕緊上車，車行約五分鐘後，他帶她來到了一家隱僻的小餐館，而他彷彿是熟客，跟店員熟稔的打著招呼，並帶她到位置上。

「妳要吃哪種牛排？」他將菜單放到她面前。

「你不是對這裡很熟嗎？你點就好了。」

楊顗伊和走過來的店員講了話後，回過頭來。

「我真的沒有想到，竟然可以在這裡遇見妳，妳……」他遲疑了下，「不是不需要工作嗎？怎麼會想到來上班？」他和她家境都算是不錯的呀！

「我覺得出來工作，可以多看看不同的人事物，未嘗不是一件好事呀！」一半是這個原因，一半是自己的私心。

楊顗伊又揚起迷死人不償命的笑容：「妳真的很不一樣。」

「呃？」她的心跳了一下。

「我認識很多上流社會的名媛淑女，她們都過著自己的生活，整天逛街聊天，沒有人想要踏出自己的世界，倒是妳，有這麼不同的想法，妳真的很特別。」他毫不掩飾對她的欣賞。

田馨臉上泛起紅暈，眼神閃著光采。

「你太過獎了。」

「我講的都是實話。」

田馨不知道要怎麼回應他的讚賞？知道在他的眼中，她是如此特殊，她的心底泛起竊喜，他有注意到她……

餐點送了上來，打斷田馨的神遊，與他進行一場曖昧不清的午餐約會。

※　　※　　※

時間沒有田馨設想的那般準時，當她踏入公司時，早過了半個鐘頭，她不好意思的走回位置，而小細並沒有對她說什麼，反倒對楊顓伊投去白眼。

「總經理，自己墮落不要拖累別人。」小細冷冷的道。

「妳在胡說什麼？我又沒帶田馨做壞事！」楊顓伊抗議起來。

小細什麼也不說，一根手指得長長的，指向牆上的時鐘，楊顓伊沒說什麼，田馨倒是不好意思起來。

「對不起……」她愧疚的道。

「妳不用向她道歉啦！她是針對我來的。」楊顓伊將田馨壓回位置，對著小細道：「田馨她會遲到是我害的，有什麼問題妳就找我，知道嗎？」

「我當然知道，罪魁禍首。」

楊顓伊笑著回到自己的辦公室去了，小細就是這種個性，他早就習慣了，再說她也是跟著他一起打拚過來的，他也容得她放肆。而他也知道小細並不會仗著這層關係，在公事上有所怠惰。

回到自己的空間，他從百葉窗的縫中看了出去，有些擔心田馨會被受罰，不過小細並沒多說什麼，只是交代她工作的事而已。

小細不會賞罰不分的，只是他還是擔心田馨。

擔心？他為什麼要為她擔心？被罵又不會死人，可是他就是莫名其妙的擔憂了起來。

田馨……多麼可愛的名字……

楊顯伊怵然一驚，他竟然在午餐的時候忘了雨竹，而只想和田馨共享午餐……約會？

約會？是的，他承認多少有些私心，而不是單純的補償而已。

怎麼會這樣？他愛的不是雨竹嗎？甚至連戒指都買好了，只等著找個時間向她求婚而已。

將戒指從西裝內層口袋取了出來，他打開盒子，看著戒指有些發愣。

他真的……想和雨竹共度一生嗎？

原本堅定不移的信念，在遇到田馨後屢屢動搖了，他不明白哪裡出了問題。

他不愛雨竹嗎？是的，他愛，但為什麼田馨的身影比重卻越來越強？他不夠專情嗎？難道自己的愛情沒想像中的堅貞？

到底是哪裡出了錯誤？

「鈴！鈴！」

桌上的電話響起，他抓抓額前的亂髮，煩躁的接了起來：

「喂？」

「顯伊，是我，你怎麼了？」梁雨竹聽出他語氣的不對勁。

「雨竹，是妳呀！沒什麼。有什麼事嗎？」

「也沒什麼，只是想聽聽你的聲音。」梁雨竹清柔的嗓音傳了過來，讓楊顓伊心生愧疚，補償的道：

「待會我去找妳。」

「你不是要上班嗎？」

「事情我都已經處理完畢了，再說我是老闆，給自己放個假也未嘗不可。反正……我又不是沒蹺班過。」這當然是建立在不耽誤公事的原則上，要不然公司怎麼撐到現在？

雖然他外表看起來閒適悠然，好像沒什麼事做，然而他早就把事情都安排得好好的了，方能游刃有餘、從容自在的談戀愛，時間一點都不馬虎。

梁雨竹笑了起來：

「好啊！那我等你。」

※　　※　　※

田馨將鑰匙插入洞口，無論怎麼發動，引擎就是無法發動，車子甚至發出奇怪的聲音，她急得滿頭大汗，再試一次。

沒用！她放棄了。

田馨走出車門，不解這幾天都開得好好的藍色MINI　COOPER，為什麼會在這時候出槌？它不是跟她合作得挺愉快的嗎？

沒辦法，看來得叫家裡的司機來載她了，田馨從皮包裡拿出手機，正準備撥打——

「田馨！」

好悅耳的聲音！田馨轉過頭一看，正是她所傾慕的楊顯伊，他用那雙連眼角都會微笑的雙眸望著她，讓她心頭仍是撲撲跳個不停。

「總經理。」

「不用這麼生疏，現在又不是上班時間，叫我顯伊就可以了。妳怎麼了？車子有問題嗎？」楊顯伊朝她的車子走了過來。

「嗯，一直發不動。」

「我看看，鑰匙借我。」

田馨將鑰匙遞給他，楊顯伊走到車內發動引擎，又出來檢查一番，他打開車前的引擎蓋，說道：

「妳大燈剛才就亮著，是不是一直沒關？」

「呃……我不記得了。」

「妳大燈沒關的話，電瓶很容易沒電，難怪發動不起來。」

「那怎麼辦？」田馨緊張的問道。

「這樣吧！我先送妳回去，晚點再叫人來拖車好了。」楊顯伊闔上引擎蓋，將鑰匙還給她道。

田馨錯愕的看著他，儘管心頭雀躍得如同擂鼓敲擊，嘴上還是：

「不、不用麻煩了。」

「沒關係，一點都不麻煩。當然了，如果妳不願意我送妳的話，我也不會勉強的。」

楊顯伊以退為進，田馨果然中計。

「不，我不是這個意思……」

「那就走吧！」楊顯伊還做個邀請的動作，讓田馨心花怒放，點了點頭，跟著他進入他的車內。

一種泛著幸福的味道在兩人之間蔓延開來，而誰也沒有拒絕……

※　　※　　※

田馨走進家門，臉上泛著如花般的笑意，神情喜樂，猶似浸在蜜液裡，旁邊的人都聞得到味道。

「是誰送妳回來啊？」田仲達無聲無息出現在她身後，把她嚇了一跳。

「爸！」她嬌嗔，「你幹嘛嚇人啦？」

「我沒有嚇妳呀！是妳自己沒聽到我的聲音的。對了，剛才那個送妳回來的人是誰？」可惜對方沒有下車，讓他不能一窺究意。

「那個……」她不知道要怎麼說。

「誰呀？」

「是……我們公司的總經理啦！」她隱瞞了部分。

「他看上妳了是不是？我就知道，我的女兒這麼優秀，一去上班，公司的總經理就愛上妳了。」田仲達說得誇張，田馨都不好意思起來了。

「爸，你別亂說，我們總經理只是載我回來而已，又沒有其他意思。再說你要是覺得我優秀，上次幹嘛設計我相親？」

被她一頓搶白，田仲達吞吞吐吐起來：

「我……我是為了妳好嘛！誰知道妳一去上班，就有人看上妳。難怪妳堅持要去上班，原來這樣比較容易有人追。」他戲謔的道，田馨抗議起來：

「爸，你在胡說什麼！不跟你講了。我車子沒電留在公司的停車場，你派人去把它牽回來好不好？」

「好，女兒吩咐的，我哪敢不遵？」田仲達笑嘻嘻的道。

「那我先進去了。」

望著田馨離去的身影，田仲達自言自語：

「車子沒電？借一下電不就好了，又不會多費事，這種小事你們總經理不會幫妳嗎？」男人的伎倆，田仲達可是看得很清楚。

第四章

梁雨竹站在窗口，不停的望著手錶，再看看外面的車流，沒有見到楊顓伊那輛熟悉的 BMW　X5，有點不安。

平常他都很準時的，這次怎麼會遲到？

「雨竹。」

梁雨竹回過頭，欣喜的跳了起來。

「顓伊，你什麼時候過來的？人家等了你好久耶！」她的聲音嬌嬌的、軟軟的，再加上刻意撒嬌，像一灘糖水包裹住心房與心室，楊顓伊盡是歉意。

「對不起，臨時有點事。」

「什麼事？」

「一點小事而已。」他不敢跟她講是載田馨回家。

「究竟是什麼事？」梁雨竹追問著。

「沒什麼，就是有點事耽擱而已。」

「到底是什麼事？不能跟我說嗎？」梁雨竹眉頭微蹙、神情哀怨，一副泫然欲泣的模樣，「我們是男女朋友，我以為我們之間應該毫無保留、坦誠相待，你卻連你有什麼事都不肯告訴我。」

「雨竹，真的沒什麼，妳想太多了。」

「那你剛才到底去哪裡了？」梁雨竹繼續逼問。

「我……只是載個同事回家而已，她車子拋錨了。」楊顓伊只好公布答案，然而梁雨竹還是不肯放棄：

「同事？是男的還是女的？」

「這不重要。」

「是女的是不是？」

楊顓伊心頭一驚，被抓包的心虛讓他更加愧疚，他沒有說話，而梁雨竹咬著下唇，神情委屈。

「雨竹，妳不要不開心嘛！」他安慰著，「我只是載同事回家而已，下次我不會再遲到了，好嗎？」

「你載同事回家是沒有關係，可是……你為什麼不在一開始就說清楚呢？」

「我只是不想讓妳誤會。」雨竹不開心已經不是第一次了，以前他要是跟其他女人接觸較頻繁，她就會抗議，以至於他後來也很少跟異性聯絡，甚至不在她面前談起其他女人的事情，而現在他又不小心踩到她的地雷了。

而梁雨竹也並非跟他大吵大鬧，只是會利用他的愧疚心讓他喘不過氣來，有時候跟她在一起會很沉重。

「可是你不說的話，不是更會讓我誤會？載女同事回家沒有關係，我在乎的是你的態度。」梁雨竹白靜細緻的臉蛋有著哀愁，就是這抹悽然緊緊纏繞住楊顥伊的心，他趕緊道：

「我就是擔心妳會胡思亂想才沒有說，妳看，妳又皺眉頭了。」

「是胡思亂想嗎？」

以往他可以很篤定的輕聲斥責她的亂想，然而這次卻不同，他心虛，無法坦率的面對她。

「雨竹，妳別這樣。」楊顥伊輕聲哀求著。

「我知道你對我很好，可是……你是那麼的優秀，我是如此卑微，你的事情我都不知道，這樣的話，我……我好擔心，我怕失去你……」梁雨竹低下頭來，雙手撐著額頭，雙臂像是有巨大的石頭壓得她舉不起來。嬌柔的淒憐也讓楊顥伊更加愧疚，對自己的不誠實懊惱起來。

雨竹是他的女人啊！他怎能讓她傷心？他愛她，不是嗎？

為了彌補他的過錯，他從口袋取出擺置幾天的小盒子，遞到她的面前。梁雨竹抬起頭來，眼角猶有淚痕。

「這是什麼？」

「妳打開來就知道了。」

梁雨竹接了過來，打開蓋子，發現裡面躺著一枚戒指。戒指的細框以S型由上而下緊緊勾住璀璨的鑽石，也抓住了她的心思，梁雨竹目不轉睛。

「這是……」

「我本來想找個日子好好計劃一下，要讓妳有個驚喜，沒想到卻被破壞了。讓妳傷心，我真的很抱歉，為了讓妳明白我心中只有妳一個人——」他抓住梁雨竹的手，誠懇的道：

「雨竹，妳願意嫁給我嗎？」

梁雨竹張大了嘴巴，痴痴的望著他。

「嗣伊……」

「告訴我呀！」他的手、他的眼睛，都緊緊抓著她的心。

原本蒼白的臉上露出一抹紅暈，嬌羞的雙頰露出緋紅，梁雨竹低首斂眉，輕輕的點了點頭。

「太好了！雨竹！」楊顓伊緊緊抱著她，抱著他所求婚的女人。他愛雨竹呀！而且愛了這麼久，他應該跟她在一起，不是嗎？既然已經決定跟雨竹在一起，他就不能，也必須忘掉那抹輕柔的身影……

※　※　※

原本是想要將田馨那若有似無的身影去除，然而她卻如一縷輕煙，逐漸逸進了他的心底，慢慢擴充他的心房。

和俄國的「根布雷」公司的交易在半年前就已經計劃好了，對方也一直密切的與「東盟」聯絡，合作案在上個月底敲定，對方也展現最大的誠意，由總裁親自出面洽談事宜，順便想要來臺灣這個國家走走，未料公司卻派不出適合的人。

由於根布雷先生不會說英文，只會看英文，所以之前聯絡時，都是由公關部的一個郭先生聯絡，沒想到他上禮拜突然辭職，「東盟」一時找不到會俄文的人，整個公司差點大亂。

結果是胡主任想起田馨的履歷上提到會說俄文，臨時派她出馬，她也不負眾望，由於從小和父親見過不少重量級人物，所以除了最初的生澀之外，接下來的幾天，她發現根布雷先生其實很好相處，兩人更加有說有笑，讓根布雷先生很開心。

這些看在楊顓伊的眼裡，都覺得不是滋味。

他知道根布雷先生是他的客戶，也知道他的年紀足已當田馨的爸爸，可是看到田馨跟他應酬時神采飛揚的模樣，還是令他很不愉快。

他怎麼能夠有這種感覺？他已經跟雨竹求婚了，不是嗎？

心情開始浮躁，他甩甩頭，撇開令人心煩的問題，今天是根布雷先生回國的日子，他親自開車和田馨送他到機場。這幾天都是由他和田馨一起招待根布雷先生，儘管如此，見到田馨和其他的男子相談甚歡，還是令他不自在。

從機場回來的途中，和田馨處於車內的狹小空間，空氣中瀰漫著一股清甜的味道，那是從她的身上散發出的香水味，就像她的名字一樣。

「這幾天謝謝妳了。」楊顓伊開口了⋯⋯

「哪裡，這沒有什麼。」

「我聽說妳大學的時候修俄文，怎麼沒有修英文呢？畢竟英文比較熱門，又是國際語言。」

「就是因為太多人選了，所以我才想讀點不一樣的。」而且田仲達也沒有一定要田馨接下棒子，他早就有安排了。田馨知道田仲達只要她過得平順、快樂，就足夠了。

「那得要感謝妳當初睿智的選擇囉！所以今天才能夠幫得上公司，真是謝謝妳了。」

他的讚美引起她的臉上一陣潮紅，田馨囁嚅著：

「不……不用這麼客氣了。」

「反正都在外面了，就不用那麼早回公司，我們到外面走走吧！」楊顓伊突然提出這個計畫，連他自己都不明白這個說出口的動力何來。

「呃……去哪裡？」田馨很是訝異，他竟然主動開口邀她？

「我也不知道，就去郊外走走吧！反正公司也沒什麼事了。」

「這樣好嗎？」她有點扭捏。

「有什麼不好的，那就走囉！」楊顓伊行駛的方向和公司完全相反，田馨不知道該怎麼反對，也不想反對，她……竟然有著期待？

這陣子在「東盟」裡頭做事，她獲得的不僅僅是薪水，還學習到了很多新的人事物，態度和心境的轉折都是不同的體驗，而她最大的收穫，就是能夠每天看到楊顓伊。他的認真、他的努力，當他工作起來時，和他平常輕鬆悠然的態度是截然不同的，不論是那一面，都令她心頭亂怦……

「對了，從那次相親之後，妳父親……還有替妳介紹其他人嗎？」知道問這個問題不是很恰當，可是楊顓伊還是忍不住想知道。

沒想到他會提起這種問題，田馨故意看向外面的景色說道：「後來就沒有了，那……你呢？」她也想知道這個問題，雖然這跟自己已經沒什麼關係了。

「也沒有。」

「是因為令堂已經知道你有女朋友了嗎？」

「其實她早就知道了，」見她訝異的望著他，楊顓伊繼續道，「只是我母親一直不希望我和雨竹在一起。」

「為什麼？」

「也許是雨竹不夠合她的眼緣吧？我也跟妳講過，雨竹的出身不是很好，所以她一直很排斥她，關於這一點，我已經跟她溝通好幾次了，可是都……」原本好好的心情，在講到這檔事時，又突然沉重下來。

不是母親給他的壓力，而是雨竹……他感到喘不過氣。

更何況，他現在明明和田馨在一起，為什麼話題會提起她？和她在一起的時候，他不希望有別的事物影響到他們的關係，他心頭一動，覺得自己正在改變，而那種變化，叫做背叛……。

「你母親看過她嗎？」田馨好奇的問道，她想知道他的一切。

「看過一、兩次。」

「給她一點時間，說不定她就會接受了啊！」想要安慰他，嘴巴裡卻有一絲苦澀。

楊顯伊搖了搖頭：「我母親她那個人……很固執的。」

「你不用擔心，事情會有轉機的。」

楊顯伊的心情越發的沉重，他覺得自己很卑劣，神色不是很好，田馨只當他是為了母親和女朋友不合的事心情不好，正想要安慰他，突然對面一輛車子闖過雙黃線，向他們迎面而來，兩人都嚇了一跳。

楊顯伊趕緊打方向盤，躲過了對方的撞擊，然而也因此跑到對面的車道，差點撞上一旁的店家，田馨低下頭來，尖叫出聲——

「啊——」

※　　※　　※

沒有預料中的撞擊，而身體被安全帶緊緊的拉住，田馨還是在原來的位置上。只是突來的狀況讓她嚇得魂不附體，整個人不知所措，面無血色，直到一個溫暖而結實的身軀落了下來，溫柔的聲音喚回了她的心神：

「沒事了、沒事了。」

田馨張開眼睛，發現她的身體被他圍住，他的聲音就在她頭上響起，彷彿是來自天堂的聖音，她抬起頭來，與他的嘴輕輕擦過……

全身的血液迅速沸騰，燃燒了車內的空氣，呼吸立即變得困難，而更不可解的，是他的眼神，因著這燃燒也迷離起來，田馨痴痴的望著他，忘了這樣的距離是很不恰當的。

張開嘴，想要說點什麼來改變現在的窘狀，他的唇瓣卻再度落了下來，和剛才羽毛似的輕掃是完全不同的程度，他不斷的施加力道，甚至將舌頭從她微張的檀口探了進去……

完全無法思考、完全無法呼吸，田馨感到整個人靈魂出竅，離開了身體，卻停在這個濃得化不開的旖旎世界……

她的馨香、她的滑潤，楊顒伊陷溺在她的甜膩當中，多想她揉和在一起，沉浸在她的美好，真希望時間就駐足在這一刻……楊顒伊無法抑制蘊釀已久的情感，此時全部宣洩出來……

他早就要她了，他知道，在第一眼的時候。她的羞澀、她的笑容，都讓他產生好感，可是……為什麼現在才發現？

他無法否認對她有感覺，而她呢？

這個念頭砸進他的腦袋，他冷靜了下來，而田馨在他懷中扭動，他略微鬆開了手。

得到自由後，田馨開始呼吸，當熱空氣吸入肺中，整個身體又再沸騰一遍，人有點昏眩。

望著田馨拚命呼吸的模樣，楊顳伊整個人完全醒了過來。

他在幹什麼？他竟然順從他的慾望，對她唐突？

她是那般的無瑕、嬌貴，是如此的純淨美好，而他還拖著一團爛帳，他怎麼能夠將她牽扯到複雜的感情世界？他還有雨竹呀！意識到這樣是不對的，他鬆開她的身體，心也跟著涼了起來。

「對……對不起。」他別過頭，抓抓頭髮。

田馨還沒從震懾中恢復過來，突然聽到他這句話，像是掉到冰水似的，渾身冰冷。

他是什麼意思？先是給她烈焰般的熱情，突然又帶她到冰天雪地？讓她一下從雲端跌到谷底，她的臉色比剛才更加蒼白。

剛剛……只是她的錯覺嗎？

四周響起了喇叭聲，也有人過來一探究竟。聲音在外頭響起：

「你們沒事吧？」

「還好嗎？」

紛亂的雜音接踵而來，從迷離的情境歸回了現實，田馨望著下車處理事故的楊顳伊，彷彿剛經歷過一場夢。

※　※　※

那場事故並沒造成太大傷害，他們僅受了驚嚇而已，倒是對方因為酒醉駕車而撞上附近的店家，損失不小。

只是……那時在車上，他是什麼意思？

他的臂膀摟著她的身軀，他的體溫透過衣料傳了過來，而他的唇……還吻上她的……

只要一想到這裡，她就無法遏抑的泛起紅暈。

她猜不透他的心思，也不明白他的態度，他有女朋友了，不是嗎？可是為什麼那時候，他看她的樣子，像是望著戀人……

在公司裡，總是無可避免和他的視線對上，而……他總是閃了過去。

這讓她很失望，更加不解他當初的舉動是什麼意思，她的心頭大亂，完全不明白他的心理，她……不了解他。

「啪！」

一枝筆敲著她的後腦袋，小細的聲音傳了過來：

「東西做完了嗎？」

「還……還沒有。」田馨低頭說道，趕緊將待會要給小細的東西趕出來。

田馨正埋頭在電腦前，努力忘了她和楊顥伊的曖昧情事，一個聲音突然傳了過來：

「妳不是田馨嗎？」

田馨抬起頭來，見到是方麗卿——楊顥伊的母親，她十分尷尬，但也不得不打聲招呼：

「伯母，您好。」她站了起來。

「妳怎麼會在這裡？妳……在上班嗎？」方麗卿訝異的問道。

「呃……是的。」

「怎麼那麼巧？妳怎麼會在『東盟』上班？顥伊怎麼沒告訴我妳在這裡？」她問得

太過自然，田馨十分尷尬，尤其她又說道：「妳在這裡上班，顓伊有沒有好好照顧妳？」

田馨感到不少目光向她投射過來，很不能適應，她終於感受到，八卦的力量是會令人窒息的。

「總經理……很忙。」她模稜兩可的答道。

「那小子在忙些什麼我不會不知道？倒是妳，真是沒有想到妳竟然會在這裡上班，晚上來我們家吃個飯吧！」方麗卿開心極了。

啊？她受寵若驚，趕緊道：

「伯母，不用了。」

「欸，吃個飯不要緊的，下班的時候，我來找妳。咦？時間也快了，我先去找顓伊，待會再過來找妳。好了，妳繼續忙，我先去找顓伊了。」方麗卿這才滿意的朝裡頭走去。

田馨臉都僵了，方麗卿竟然找她到家裡吃飯？她要如何面對楊顓伊？她什麼都不是啊！

頭好痛，待會要怎麼拒絕呢？田馨坐了下來，四周的壓力還沒有消失，看來她和楊顓伊已成為眾人的目光。

看到小細望著她，她不知如何解釋，而小細也沒多問，僅僅以公事化的口吻吩咐：

「可以做事了吧？」

「是、是。」

※　※　※

方麗卿進到楊顯伊的辦公室，第一句話就是：

「田馨在你這裡上班，你怎麼沒有告訴我？」

楊顯伊抬起頭來看了母親一眼，隨即又低下頭翻閱公文。「這有什麼好說的？」

「要不是我今天到公司來，你要隱瞞我到什麼時候？」

「我做了什麼不該做的嗎？」楊顯伊淡淡的道。

「顯伊，你不是不知道媽的意思，田馨是個好女孩，又在你公司上班，你要好好把握啊！」方麗卿在義大利皮革沙發上坐了下來，視線對上楊顯伊，不想讓他逃開。

「媽！」楊顯伊將公文丟到桌上，煩躁的道，「不要說了。」

「我知道你嫌我煩，但媽還是忍不住要說，媽一切都是為了你好，你跟田馨真的很適合，如果錯過了她，你會後悔的。」

他現在已經後悔了。

楊顓伊知道逃不過這一劫，站了起來，走到窗邊把窗戶打開。雖然裡頭有冷氣吹送，但他還是感到異常悶熱。

他的心，已經亂了。

他不知道他怎麼能夠同時愛上兩個女孩？雨竹是那樣的嬌憐、柔弱，十分需要人疼惜、呵護；而田馨和她相處，雖然個性溫柔，但從她的辦事態度可看出，她有她堅持的一面，柔中帶剛，他欣賞她、欽佩她，甚至……喜歡她？

只是喜歡嗎？為什麼對她的喜歡，會造成他對雨竹的動搖呢？

「……人生未來的路途很長，找個適合的人對你才是重要的。我也不是說感情不重要，可是跟田馨在一起的話，你一定會喜歡上她的，顓伊，你聽到我說的話了沒有？顓伊？」方麗卿出聲喚他。

「嗯。」他鬆鬆喉頭的領帶，有點緊。

「你根本沒在聽我說話嘛！」方麗卿有些埋怨，「好，沒關係，這我不跟你計較。反正待會下班，我請田馨來家裡吃飯。」

「什麼？」他終於回神了。

「我請田馨來家裡吃飯，剛才已經跟她說過了。」

楊顓伊大吃一驚，他不知道母親竟然如此積極，讓他措手不及。「媽，妳怎麼可以擅自作決定？」

「我請她來家裡吃飯，不行嗎？」

「妳……不怕這樣造成人家的困擾？」

「啐！你把你媽想成什麼了？」方麗卿不滿的道，「待會下班的時候，我就先跟田馨回去，你記得回家吃飯啊！」

「她答應了嗎？」為什麼他心頭浮動？

「她沒有拒絕。」

方麗卿的話帶給他一線希望，他無法遏抑那股想見的欲望，卻困在自己的情感枷鎖。他是不是……太貪心了？

第五章

「田馨，來，多吃點，別客氣！」方麗卿不斷招呼田馨夾菜，田馨已經很努力了。

「伯母，謝謝，我真的吃不下了。」

「妳才吃那麼一點怎麼夠呢？菜本來就是要給人吃的，妳身材已經很苗條，不用減肥了。」方麗卿恨不得將菜全推到她面前，田馨已面有難色。

「謝謝伯母……」

「不用客氣，來，這是陳嫂的得意之作，高升排骨，妳就多嚐嚐，還有這一道豆腐，具有養顏美容之功效，還有這個……」

「媽，」楊顓伊終於開口了，「不是每個人都像妳一樣，胃口那麼好。」

方麗卿瞪了他一眼：「你是在教訓我嗎？」

「不是，我只是好心提醒妳，妳不是很注意身材嗎？」

「你媽是天生麗質，不用你操心。」被兒子這麼一說，方麗卿也不再展現出她非凡的熱情，田馨總算鬆了一口氣。

在吃飯的時候，楊顓伊幾乎都沒有講什麼話，都是方麗卿的熱情招呼炒熱了氣氛。處在這對母子間，田馨得努力應付，才不會讓他們看出她的窘境。

她跟他是尷尬的，她知道，他有女朋友了，可是除了不好意思拒絕方麗卿的邀約之外，她還想多見見他。

想再見一面，想再多認識他一點，想知道他的生活、他所生長的環境……就是這一點一點欲望，讓她掉了進去，從來沒有處理過這麼深的感情問題的她，一旦掉進去，就無法自拔。

「對了，顓伊，你今天話比較少喔！」做母親的當然發現了兒子的不對勁。

「沒有啊！」

「你平常不是能言善道嗎？跟田馨聊一下啊！」

「妳們都是女人，比較有話聊。」

「聊天哪分什麼男人女人，你們平常就一起上班，可以聊的話題應該很多。這樣吧！反正大家也吃飽了，不如你帶田馨出去散散步。」方麗卿熱情的道，故意沒看到他們兩人為難的臉色。雖然他們都掩飾得很好，但落在方麗卿的眼裡可是相當了然。

「這……」

「去吧去吧！」

在方麗卿的推波助瀾下，楊顓伊帶著田馨到庭院散步。

楊家的庭院成ㄇ型，將屋子環繞住，中間有碎石步道，兩旁是精心設計的景緻，有假山、有流泉。難得今天是好天氣，風吹開了遮擋的雲層，皎潔的月容露了出來，灑在闇黑的濃蔭中，顯得朦朧而迷離。

走在細碎的石子路上，兩個人都沒有開口，氣氛更加尷尬。

半晌，楊灝伊終於打破沉默：

「不好意思，我媽就是這個樣子，沒有造成妳的困擾吧？」

「沒有關係，伯母她很熱情。」

「對了……關於那天在車上……」有了開頭，他決定把話說清楚，「我不是故意的……」

田馨臉上一紅，還好濃密的夜色遮住了她的臉色，她輕輕道：

「沒有關係。」怎麼會沒關係？她多希望……他是故意的——

楊灝伊將頭髮全部往後撥，讓沁涼的夜氣吹走煩躁，如星鑽般的美麗話語，從他嘴裡不可思議的流了出來：

「我只是……一時情不自禁。」

「什……什麼？」田馨張口結舌，說不出話來。

「我不知道為什麼會喜歡上妳，可是……我發現我常常在想妳，不管是在公司裡，還是下班的時候，我都想見妳，想跟妳說說話，想跟妳聊聊天。我知道我有女朋友，但是我也不想欺騙妳，也不想欺騙自己。我只是不知道為什麼會對妳動心，所以才會……吻了妳。」

明明夜涼如水，田馨卻感到全身發熱。

他喜歡她？他說他喜歡她？原來……不是自己的一廂情願，他對她也有像她對他的感覺嗎？

她的心跳得好快，全部的毛細胞都似在吶喊，慶祝這無邊的喜悅。

見她沒有說話，楊顓伊心情沉重：

「如果妳不開心的話，可以盡量跟我說，我知道我這個行為不一定能獲得妳的體諒，只是……我還是想讓妳知道我的心意。」

「不是這樣的……其實……」

「沒關係，妳不用回答，反正我把我的感覺說出來，也輕鬆多了。」他深吸口氣，做了個伸展運動，抬頭望著夜空，心境開朗許多。

「其實……」田馨閉起眼睛，輕聲的道：「我很高興。」

什麼？儘管她說得又輕又柔，但楊顓伊還是聽到了。他低頭望向只看得到頭的田馨，不敢相信的伸出手，捧起她的臉。

「妳說什麼？可以再說一遍嗎？」

「我……」望著他星燦的眼眸，她心慌意亂，不知如何開口。

「妳不生氣嗎？」

田馨搖搖頭，怯怯的問：

「你剛說的那些……喜歡我的話，都是真的嗎？」

「真的，當然是真的！」楊顓伊語氣篤定，鄭重的道：「我一直故意忽視妳，不想承認對妳的感覺，可是那股感覺越來越強烈，我想擁有妳，田馨，我想和妳在一起。」

「可是……你女朋友怎麼辦？」這是她一直不敢開口說愛他的原因。

一談到梁雨竹，楊顓伊的眼色黯了下來。

「我也喜歡雨竹，」他察覺到田馨的臉色一變，「可是在遇到妳之後，我仔細想過對她的感覺，我對她只有同情，因為她的身世坎坷，所以我才想照顧她、拉拔她，一直以來，我以為那是愛情，可是遇到妳之後——」他的眼神柔和，令人心亂，「我才明白真正的愛情。」

如果不是地心引力的話，田馨可能要飄上天了。

付出的情感有了回報，田馨心情激動，望著那令人動心的容顏，她張開優美的菱唇：

「你……又怎麼確定對我的是愛情？」

楊顓伊笑了。

「因為我一直在想妳、念妳，看不到妳的時候，我會想妳在做什麼，看到妳的時候，我又擔心會被妳恥笑，可是妳並沒有，」他的聲音好溫柔，「妳讓我有心動的感覺，田馨，我愛妳。」

她面紅耳赤，看著他的胸膛：「我又何嘗不是。」

聽到她迂迴的承認對他的情感，楊顓伊開心的笑了。這一次，他正大光明的將她擁進懷，低頭尋找那令人心醉的紅唇，覆蓋了上去。

這次沒有時間限制，不用猜心揣測，坦白後的愛情似琉璃般美麗。

※　　※　　※

明白愛情的滋味後，田馨發覺以前所謂的幸福，竟是如此微不足道。不是她不珍惜所擁有的，而是和楊顓伊在一起後，讓她有更不一樣的感受，整個人彷彿重新經過洗禮。

日子變得值得期待，每天都有希望，她活得更幸福了。

而兩人很有默契的，都沒有公開這段戀情。當初相親認識失敗，到後來卻在一起，說出去怪彆扭的，再者顧忌他們之間還有個梁雨竹，所以總還有著疙瘩。

只是……楊顲伊要是不提及的話，她也不好發問。畢竟，她還是覺得自己闖入了他人的感情世界。

「怎麼了？」

田馨將視線從白雲上收了回來，只要望著他那雙燦爍的雙眸，她總是輕易地露出滿足的微笑，而楊顲伊也特別愛看她的笑容。

「沒有呀！」

「那妳在看什麼那麼認真？」楊顲伊和她一起抬起頭來。

「我在看天空。」原本她以為他會帶她到什麼高級的地方，至少她以前接受到的邀請不是到餐廳，就是到高格調的 PUB，而他卻帶她親自大自然，享受純淨的色澤。

「妳是在看藍天，還是白雲？」距離他們數萬尺的高空，輕悠的白雲如棉絮般柔和，任憑微風托載，像是無數艘白色的帆船，在蒼穹裡飄蕩……

「都有，我已經好久沒有出來呼吸新鮮空氣了。」老是在都會區，都忘了清新是什麼

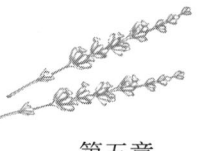

滋味了。

「如果妳喜歡的話，我可以天天帶妳來。」

「怎麼可能，我們都還要上班呀！」

「這種時候妳可以不用擔心這個問題，好嗎？」楊顓伊笑著摸了摸她的頭髮，眼底盡是寵愛。

田馨也不好意思的笑了起來，她低著頭，看著地上的酢漿草，趴了下來。

「你這次又在看什麼？」楊顓伊跟著她趴了下來。

田馨拔起一株酢漿草，數起它的葉辦來。「你有聽過幸運草的事情嗎？」她突然問道。

「什麼幸運草？」

「一般來說，酢漿草只有三瓣葉子，如果可以找到四瓣的話，那個人就可以得到幸福。」

「真的嗎？那我們來找找看。」楊顓伊興致勃勃。

「不用了，幸運草很難找到的，而且……」她深情凝視著他，「我已經找到了。」她的表白相當含蓄，卻更讓人感受珍貴。

楊顯伊滿是感動，他伸手將她摟在懷裡，田馨一聲嬌呼，人已經躺在他的懷中。而天空就在頭上，大地在腳下，和煦的微風吹過，她聽到他的心跳透過布料傳了過來，彷彿每一聲都在說著愛語……

這時手機鈴聲突然響起，破壞了這美好的一刻。

田馨爬了起來，楊顯伊正懊惱是哪個不識相的，竟然在這時候打電話來……他煩躁的拿出手機，見到上面的來電顯示時，臉色一變。

「怎麼了？」田馨見他的表情不對。

「沒什麼，妳等我一下。」楊顯伊站了起來，往其他地方走去，「喂？妳找我？」

「對啊！我想出去走走，你現在在哪裡？」梁雨竹的聲音傳了過來。

「我現在……」他看了田馨一眼：「跟朋友在一起。」

「哪個朋友？」

「妳先自己逛逛好嗎？我回去再打電話給妳。」

「人家想要你陪嘛！」梁雨竹嬌嗔著。

「我現在真的沒空，妳還是自己先去吧！」沒有給她更多的機會，楊顯伊迅速的道：

「那就這樣囉！拜拜！」他掛斷了電話。

田馨這時才走到他的身邊。「講完了？」

「嗯。」怕她問起電話的內容，楊顗伊轉移她的注意力。「妳剛剛說起幸運草，妳有找過嗎？」

「沒有耶！聽人說四葉草很難找到。」

「那我們來找找看。」

「不好找耶！」

「沒關係，我們試試看。」楊顗伊興致勃勃的道，拉著她蹲了下來，兩個已經成年的男女，還沉醉在愛情的神話裡。

※　※　※

楊顗伊將車子停進家裡的車庫，沒有馬上下車，他還沉醉在甜蜜裡。田馨的臉孔、田馨的笑容，都在他腦海裡揮之不去。他多希望她能夠時時刻刻出現在他眼前，這樣他就不用飽受相思之苦。

思念，原來是這麼一回事。

真的很誇張，他跟她分開不過一個多鐘頭，他就已經開始想她了。想她的感覺，就像是血管裡都裝滿了蜂蜜，連身體都在陶醉。

手機鈴聲又響起，他接了起來：

「喂？」

「顯伊，你回到家了沒有？」是梁雨竹，他以為田馨打來的，情緒一時轉不過來，口氣有點不自然：

「剛到。」

「你今天去哪裡了？怎麼那麼晚才回家？」已經十一點半了。

「就到外面而已。」他含混的道。

要從田馨的情境中抽離，再重新面對雨竹，雖然不情不願，但她是他的責任。畢竟她也跟了他那麼久，而且他還沒跟她分手。

「你最近是怎麼回事？打電話找你你都有事，今天是週末，你也不在，你最近到底在忙什麼？」梁雨竹不滿的道。

「雨竹，我現在還在車庫，等我進去後再打電話給妳好嗎？」楊顯伊不知道要怎麼回答，只得逃避。

「不要！我要現在跟你說！」她嬌嗔起來。「你不覺得我們最近講話的時間好少，你也沒有過來了……顯伊，我好想你……」她的聲音可憐兮兮，「你不是說要照顧我嗎？

可是……我都找不到……」

龐大的愧疚感湧了上來，楊顥伊像被人潑了一桶冷水。

他在幹什麼？在和田馨快樂的時候，他完全沒有想過雨竹。她就像被人遺棄的小貓，孤零零的蜷縮在角落……她給他的感覺，也是如此。

「你過來好不好？」她淒楚的要求。

「已經很晚了……」

電話那頭傳來細細的啜泣，楊顥伊心頭大亂，只得道：

「好了，雨竹，別哭了。我……我馬上過來。」掛了電話，他重新啟動車庫大門，將車子倒退。

※　※　※

「你最近好像很累。」田馨望著楊顥伊的俊容，浮出顯而易見的疲倦，心疼的詢問。

楊顥伊揚起即使疲憊，仍舊充滿魅力的笑容。「沒什麼。」

「是不是最近太累？」田馨知道最近「東盟」跟俄國那邊合作才剛起步，每個人都戰戰兢兢，再者「東盟」雖然沒有加班，卻採取責任制，所以工作還是要帶在身上，壓力還是很大的。

「別想那麼多了，妳快吃吧！」

「待會我自己回去就好了，你早點回去休息吧！」幾經思索後，田馨決定自己回家。

自從戀情加溫後，接她上下班已成為他的一部分。

「沒關係，送妳回去，是我們唯一能相處的時間啊！」他溫柔的道。

「可是這樣你會很累……」見他如此奔波，她也不忍。

「跟妳在一起，再苦都不覺得累。」

田馨望著他那張誠摯的臉，知道自己陷入得更深了。「不要太逞強，好嗎？」

「我知道。」楊顓伊伸手撫去她鬢角落下的頭髮，溫柔的道。有她的關心，已然足夠。

真正的原因，他沒有說出口。

讓他身心疲憊的，是因為他的感情還沒有處理好，雨竹那邊不大安定，最近他往她那邊跑，在各方面都要兼顧的情況下，他真的累了。

望著田馨恬靜祥和的臉龐，什麼時候他可以完完全全待在她身邊，哪兒也不去，只要偎著她就好呢？

發覺他在望著她，田馨問道：

「怎麼了嗎？」

「沒什麼。」他沒有讓她知道他的心思。

「那你多吃點。」

「妳比我還需要多吃點，不要再減肥了。」每次他摟著她的腰時，都怕它會折斷。

「我？我沒有呀！」她無辜的道。

「那就多吃點，把這些都吃掉。」楊顗伊將副菜推到她面前，田馨水靈靈的眼睛連忙討饒。

「我吃不下了嘛！」

「吃吧！不吃怎麼行？」

「可是……」

「乖，全部吃完好不好？就算是為了我好不好？」他溫柔的嗓音加上柔軟的言辭，田馨乖乖的再塞進魚排以外的花椰菜與馬鈴薯，好像不吃完這些東西會對不起他。

「話說回來，妳每次都喊吃不下了，可是甜點上來，妳還不是吃光？所以別再找藉口了。」楊顗伊太了解她了。

田馨被抓到把柄，尷尬的一笑，她低下頭輕吐舌頭，被楊顗伊看到了。

她正經的時候、俏皮的模樣，都讓他愛戀，她柔美的線條、恬適的氣質，已在他心頭圍成山嵐，讓他陷入其中而無法逃脫。

對她……他充滿愧疚，但是那跟雨竹是不一樣的。

他很抱歉他對雨竹沒有感情，他很抱歉她耽誤了她那麼多日子，他很抱歉他讓她誤解了，他很抱歉……

而對田馨則是虧欠，他讓她不敢出聲。他明白她總是覺得自己是個第三者，於是在這段感情裡不敢出聲。她沒有問他雨竹的事情，也沒爭取自己的權益，她選擇做個不出聲的人，讓他心疼。

不會一直這樣子的，她值得更好的安排。

他不要她擔心，他會處理好雨竹的事，然後再告訴她，她是如此的純真、嫻靜，他不想讓她陷入這複雜的世界。

※　　※　　※

「顓伊，你來啦？」梁雨竹從門口迎接進楊顓伊，轉身進廚房，聲音從裡頭傳了出來。「我煮了一點麵，一起吃吧！」最近楊顓伊晚上都來她這邊，雖然時間有點晚，不過她還是很開心。

「我不餓。」

「可是我煮好了耶！而且現在快十點了，是宵夜時間，一起來吃嘛！而且我沒有吃晚餐，就是要等你一起來吃。」梁雨竹興高采烈的端著一鍋麵走了出來，放在桌上。

「妳還沒吃？」

「對啊！我想跟你一起吃。」她羞怯的道，回頭去拿碗筷。

楊顥伊鬆了鬆領口，她的愛讓他沉重。原先他以為那是真愛的表現，直至後來遇到了田馨，她讓他領受被愛的滋味，才發現兩者之間的不同。

「下次妳不用這麼忙。」

「只要你能夠陪我，要我做什麼都無所謂。」

楊顥伊坐在桌前，沒有回答。

也許……該跟她好好談談。之前他一直遲遲不敢開口，怕傷了她，可是再這麼僵下去的話，毫無意義。

而且他不想田馨再受委屈，事情總是要解決的。

梁雨竹從廚房走了出來，看到她那張柔弱的臉，原本在嘴裡的話突然又吞了下去，他不敢想像她聽見他提出分手後的表情。

「你今天來得比較早喔！我好高興。」梁雨竹開心的道，這是他拿田馨的時間換來的。

他們沒有再多溫存，田馨以為他在忙公事，堅持不打擾他，吃完飯後就讓他送回去了。

而他則前來梁雨竹的小窩。

這裡的房租是他替她繳的，他希望她能好好照顧自己。他承諾過要照顧她一輩子，可是沒想到……

「你在想什麼？」梁雨竹伸出手在他面前揮舞。

「沒什麼。」

「那就快吃吧！」她盛好麵送到他面前，嬌柔與憐愛的氣質讓他無法拒絕，就算他不餓，還是得把她的愛心吃進去。

什麼時候……他才能勇敢的開口呢？

第六章

方麗卿悄悄進到楊顓伊的房間，將他分機的電話線頭拔起，擱置在床頭櫃的手機拿到外面，讓他能好好睡覺。

最近兒子不知道怎麼搞的，每天都忙到半夜十一、十二點，詢問過公司的小細，也說最近並沒有什麼大案子，那他到底在幹什麼？每次想要關心時，都被他含混過去。

再怎麼不滿，也是自己的兒子，如他忙得連眼圈都出來了，既然他難得在家裡好好睡覺，就讓他睡個過癮吧！

走到樓下，方麗卿正要將他的手機放下時，鈴聲正好響起。

方麗卿一看來電顯示，臉色一變。

又是那女人？她不是已經告訴過顓伊，不要再和梁雨竹來往嗎？他竟然背著她偷偷和她聯絡？方麗卿正想把手機關掉，忽而念頭一轉，接了起來：

「喂？」

對方沉默了片刻，須臾說道：

「對不起，我打錯了。」

「妳沒有打錯，顓伊他現在沒空。」

「那您是？」

「梁小姐，妳忘了我嗎？我是他母親呀！」方麗卿坐了下來，嚴陣以待，彷彿梁雨竹就坐在她對面。

「伯母，可以請顓伊聽電話嗎？」梁雨竹的語氣也變了，冷漠許多。

「妳有什麼事嗎？」

「唔……也沒什麼事。」

「沒什麼事的話就別打電話過來，顓伊他最近很忙，我怕他也沒空理妳。」方麗卿冷冰冰的說道。

「伯母，您這句話是什麼意思？」梁雨竹開始不耐煩起來。

「顓伊他沒有告訴妳嗎？前陣子我幫他介紹了一個女孩，現在這個女孩還在他們公司上班，我想他們一定會處得非常愉快的。」方麗卿故意說道，在楊顓伊面前向來柔順如小貓的梁雨竹，突然尖叫起來：

「什麼？」

「妳也別太驚訝，顓伊他上班那麼忙，比較少有機會遇到好女孩，既然現在有這個機會，我當然希望他們有好結果，妳說是嗎？」

「伯母，我知道您對我有意見，但是顓伊愛的人是我，他不會變心的。」梁雨竹勉強壓下不悅的口氣，畢竟方麗卿還是有可能成為她的婆婆。

「未來的事情很難說，不是嗎？」

「對，未來的事的確很難說。」梁雨竹重重的道，每一個字都像憤怒的巨石。

「既然妳明白那就好了，還有什麼事嗎？」

「沒有了，再見。」梁雨竹掛斷電話，怒氣像沸騰的熱水，如果有人不小心經過的話，就會被潑濺一身。

本來溫柔的、婉約的臉蛋，這時充滿了憤怒、恨意，柔美的一面全變了樣，梁雨竹拋下了面具，展現自己的本性。

她咬著下唇，不敢相信事情竟然出乎她的意料。

從一開始認識時，她就想盡辦法，要楊顯伊死心踏地、義無反顧的愛上她。而事實也證明了如此，不是嗎？

只要她一蹙眉，他就會溫柔的化解她的愁緒；只要她一開口，他也會飛奔到她身邊。他的臂膀總愛摟著她，他的唇瓣總愛黏著她，他的眼神那般濃烈，她非常肯定他愛上了她。

可是……為什麼她開始感到不安？

方麗卿的話在她心湖掀起了陣陣漣漪，但是最主要的來源，是他最近的表現。他不再那麼熱忱、那麼積極，雖然她不斷以嬌柔可人的攻勢想要擄獲他，但是他總是心不在焉……

真的出事了嗎？

※　※　※

「田小姐，這個禮拜六晚上我可以約妳出來吃飯嗎？」業務部的鍾庭偉攔下了田馨，誠懇的說道。

「呃……」田馨沒想到鍾庭偉會大膽邀約，不禁愕然了。

「賞個光吧？」

「這個……很抱歉。」她羞赧的道，彷彿拒絕他人是什麼罪事。

「喔……」鍾庭偉有點失望，不過還是泰然的道：「沒關係，下次有機會的話，我們再出去逛逛吧！」

「可能……不太適合。」

「為什麼？妳有男朋友了嗎？」見她沒有講話，鍾庭偉接下來的話讓田馨大為驚駭：「是不是總經理？」

「你……你怎麼知道？」她以為他們掩飾得很好。

因為有許多顧忌，所以他們並沒有公開戀情，沒想到鍾庭偉的一番話，打碎了這層自以為是的保護殼。

鍾庭偉笑了起來。

「大家都知道呀！只是我不肯死心，想說問問看再說，沒想到妳這麼堅定。」他喟嘆。

「抱歉……」

「不用說對不起，還是祝妳幸福。」鍾庭偉大方的伸出手，並不介意。

見他如此坦率，田馨也伸出手和他互握。

「你們在幹什麼？」一記巨雷般的聲響從背後傳來，田馨轉過頭一看，楊顓伊站在她的後頭，臉色相當難看。

田馨一下子心慌起來，不知道該怎麼解釋。

「報告總經理，我在約田小姐出去吃飯。」鍾庭偉不知哪根筋不對勁，竟然把實情講了出來，嚇得田馨花容失色。

「不、不是這樣的。」

楊顓伊瞪著鍾庭偉，眼神更加凶狠。「現在是上班時間，不許亂來。」

「請問總經理，那下班時間是不是就可以了呢？」鍾庭偉故意說道，立刻招到兩道刀刃般的眼神朝他而來，他還故意挑高了眉頭，挑釁著長官的權威，楊顓伊已在心底把他殺了千萬遍，冷冷道：

「馬上回到你的位置。」

「是。」

鍾庭偉吹著口哨跑走了。既然約不到佳人，逗逗情敵也是好的，這膽量還真無人人及。

「妳過來。」楊顓伊將田馨拉到一旁。

「總經理？」田馨見他臉色不對，她亦是滿臉驚慌。

「他找妳要做什麼？」

「他……」

「說！」

從沒見過他如此冷峻的表情，田馨心中畏懼，吐露：

「他……他找我出去吃飯。」見他神色陰鷙，像要把人吃了，她連忙道：「不過我沒有答應。」

楊顥伊臉色稍霽。「妳拒絕他了？」

「對。」

「那他剛剛……」楊顥伊恍然大悟，他被他給耍了。「這小子膽量倒不小，好像是業務部的。」他揚起了嘴角。

「你想要做什麼？」田馨見他不對勁。

「沒什麼。」楊顥伊當然不會告訴她他的想法，敢動他的女人，自然要給鍾庭偉好看，讓他明白何謂職場倫理。

才正想著呢，鍾庭偉那惱人的聲音又響起：

「總經理？總經理？」

他不耐煩的從角落出來：「什麼事？」

「有人找你。」

見到梁雨竹出現在他眼前，楊顥伊吃了一驚，隨即很快恢復鎮定，但那一抹驚慌，仍然落入了梁雨竹的眼底。

「你倒是很閒哪！下個月的業績記得達到百分之三十，我等你的報告。」楊顥伊冷冷的下達命令。

「百分之三十？」鍾庭偉哇哇的叫了起來，「總經理，現在經濟這麼不景氣，百分之三十，簡直是天方夜譚啊！」

「讓我好好見識你的能力。」楊顓伊冷冷的道。

鍾庭偉哀嚎起來，早知道就不要跟總經理槓上了。

「妳來做什麼？」楊顓伊對梁雨竹問道。

「我來找你。」梁雨竹看著從楊顓伊身後走過去的女人，好熟悉的臉孔……不安逐漸擴大，在望著楊顓伊的同時，擺出最熟練的表情。

「我知道，找我做什麼？」他不耐煩的問。田馨從他身後走過，她沒有介入他和梁雨竹之間。

「我是你的女朋友，想來找你，有什麼問題嗎？」更何況她以前也來過好幾次，沒有一次得到這樣的對待。

「沒什麼，先進來吧！」楊顓伊將她帶進了自己的辦公室。

※　　※　　※

進到辦公室，楊顓伊將身體往椅子上一靠，他的心情糟透了。

他忘了梁雨竹會來公司找他，而且還被田馨看到！這下……他要怎麼處理？雖然田馨從來沒有問過他跟梁雨竹的事，但不代表她不在意，他可以察覺她離去的腳步有多空洞……

「你看我帶來什麼？是你最愛吃的麵線耶！」梁雨竹將帶來的袋子解開，遞到楊顓伊面前。

「我現在沒胃口。」

「那喝個飲料吧！」她把泡沫紅茶遞給他。

「不用了。」

「喝嘛！」

「我現在不想喝。」梁雨竹硬要塞給楊顓伊，楊顓伊卻不領情，兩人推來推去的，一個不小心，動到帶來的麵線，灑了滿地，連未開封洞口的紅茶也不能倖免的滾落在地。

梁雨竹驚愕的看著楊顓伊，楊顓伊歉然的道：

「對不起。」

看著自己的愛心被糟踏，梁雨竹咬著下唇，一雙楚楚動人的眼睛逐漸蓄集著水氣，將她的眼眸覆蓋，她淒淒的道：

「為什麼……為什麼你最近這麼冷淡？」她低下頭，拿出面紙清理現場。

「我沒有。」他避開她的眼神。

「有，顒伊，你陪我的時間越來越少，話也越來越少，只要我想接近你，你就避得遠遠的，這是怎麼回事？我們不是無話不談的嗎？」她指控他的作為。

「妳想太多了。」

「真的是我想太多嗎？以前的你不是這樣啊！」

「我不是常去找妳嗎？」

「可是你常常心不在焉，人雖然在，心卻不在。只要我想找你，你就說你沒空，叫我先待在家裡，叫我等著、等著……好像我們之間的距離越來越遙遠……顒伊，我好怕，我好怕你會離開我。」梁雨竹一把抱住了楊顒伊。

「雨竹，妳放手。」

「我不要，我要這樣抱著你，這樣你才是屬於我一個人的。」

「雨竹！」楊顒伊低吼了一聲，把她的手掰了下來，「現在在公司，妳不要讓我為難好嗎？」

望著那張俊逸的臉，感覺他越來越遙遠，梁雨竹鬆開了他，不敢置信的道：

「顓伊，你變了，你不再是我認識的顓伊了。為什麼？你不是很愛我的嗎？為什麼會突然對我冷淡起來？莫非……你有了別的女人？」

她的話讓他一驚：「妳不要胡思亂想！」

「是她是不是？那個叫田馨的？」方麗卿的話，還有剛才的那個女人，她的腦海倏的明亮起來。

「妳別亂說！」楊顓伊急了。

「就是她對不對？」見他那副模樣，她更肯定了，「你不是說你只愛我一個人，為什麼又愛上她？」

「雨竹，妳聽我說……」

「我不要聽你說，你只會哄我！」梁雨竹退了一步，那雙眼睛充滿憤怒，「難怪你會對我越來越冷淡，原來是有了別的女人！」

「雨竹……」

「不要跟我說你跟她沒什麼，她在你公司裡，難怪你陪我的時間越來越少，每次我打電話過來，你也三兩句就掛我電話。好、很好，是她勾引你的對不對？我去找她算帳！」梁雨竹大步轉身而去。

「雨竹，等一下！」楊顓伊大吃一驚，連忙追了出去。

※　※　※

田馨正在和小細談事情，專注的她並沒有聽到匆促的腳步，等到她注意時，梁雨竹已經衝到她面前，睜大了雙眸望著她。

由於知道她是楊顓伊的女朋友，田馨不敢掉以輕心，問道：

「梁小姐，有什麼事嗎？」

「妳知道我姓梁？那就表示妳認識我對不對？」

田馨一時語塞。

「既然妳知道我是誰，就應該知道顓伊是我的男朋友，這樣的話，為什麼妳還要跟我搶他？在這個世界上，我只有他了呀！」她神情淒楚、情緒激動，哀怨的道，一時間，整個公司的人都往這邊看了過來。

田馨慌了手腳，她不習慣成為眾人的焦點，焦急的想要說點什麼，卻不知如何是好。

「雨竹，妳不要亂來！」楊顓伊趕了過來，抓住了她。

「是她對不對？你就是為了她而不理我對不對？」梁雨竹指著她，卻是責難的看著楊顓伊。

「我們走！」楊顓伊想要拉走她，梁雨竹卻不肯跟她走。

「我不要！你讓我跟她說清楚，你是我的，你不可以被她搶走！顓伊，你說話呀！」

楊顓伊抓著梁雨竹，眼睛卻是歉然的望著田馨，她正蒼白著一張臉，神情痛楚的望著他。

「夠了！妳不要在這裡無理取鬧了！」楊顓伊喝斥著。

「你是這樣看我的嗎？我在你心裡是這麼不堪嗎？」梁雨竹驚愕的望著他，失望與痛苦浮上了她的臉，她喊了起來：「我是這麼的愛你，卻被你視為敝屣，都是因為她對不對？」

不想正面回答這個問題，楊顓伊粗暴的帶著她往外走，梁雨竹不斷抗拒，尖叫著：

「放開我！我還沒有說完！」

「跟我走！」

「不要！不要！」梁雨竹想要把手扯回來，但楊顓伊的力氣好大，她拉不開，只好一直捶打著他，見徒勞無功，她扯開喉嚨尖叫：

「你要把我帶走，好讓你們兩個在一起對不對？」

楊顓伊沒理她，拉著她就要走到大門，這時梁雨竹忽然舉起她的手來，亮晃晃的光芒刺進了每個人的眼中，如利刃般刺傷了田馨……

「妳看到了嗎？這是顓伊給我的，他向我求婚了！我是他的未婚妻，他是愛我的！」她喊叫起來。

隨著他們的離去，整間辦公室靜寂下來，須臾，開始竊竊私語起來。

田馨感到血液慢慢抽離，身體開始冷了起來，那枚戒指……彷彿已經說明了一切。

本來就對這段感情不寄予厚望，而梁雨竹的到來更無疑宣示了一切。

原本她就對自己是個第三者的角色感到愧疚，所以和楊顓伊在一起時，她盡量不去提及敏感的話題，免得讓自己下不了臺，也不想要他的承諾，怕他為難。可是心底還是冀望，有朝一日能完完全全的擁有他……

可是這個希望，也粉碎了。

他是愛她的嗎？他是吧？種種疑問在心頭盤旋，不安如同疑雲擴大了起來，這段戀情只是她的自以為是，他任何表示都沒有……

可是他卻給了梁雨竹保證。

淚水忍不住在眼底匯集，她的心逐漸麻痺，耳朵再也聽不到外界的聲音……

※　　※　　※

梁雨竹用力抽走了被他擒住的手肘，楊顥伊也放開了她，氣惱的撥開因激動而落在額前的頭髮，大吼著：

「妳到底想幹什麼？」

梁雨竹怔怔的望著他，眨眨眼，剔透的淚水像清泉般滑落了下來，她悽然的望著他，哽咽著：

「顥伊，你怎能這樣對我？」

「我對妳怎麼了？」楊顥伊怒極了，她居然反過來指控他？

「你怎麼可以這樣？你怎麼可以……背叛我？」她聲嘶力竭的哭了起來，「我是那麼的愛你，給了你我的所有，你怎麼可以拋棄我？」

「我……我沒有！」就某方面程度而言，他是還沒有。

「但是你讓她進你的公司了，不是嗎？你怎麼能夠這樣做？你的心中只能有我呀！」

「雨竹，停止妳的胡鬧，這裡是公共場所。」雖然他已經把她拖了出來，但梁雨的吼叫還是會將聲音傳出去。

「你認為我是胡鬧？顥伊……我愛你呀！」

楊顓伊無法呼吸，她的淚水讓他喘不過氣來。

梁雨竹抓住了他的胸口，抬起被淚水浸得明亮的雙眸，怯怯的道：

「顓伊，你是我的，我是那麼的愛你，絕不容許別人把你搶走。你知道當我聽到田馨的事時，我有多心慌嗎？求求你，不要離開我，如果我讓你感到困擾的話，我很抱歉，那是因為我不想失去你。」她的表白是如此赤裸裸，任誰都忍不住動容。

「雨竹……」他軟化了，「我不是有意責備妳。」

「我知道，是我不對，我知道，對不起。」她忙道歉。「我只是好害怕，我沒有父母，也沒有兄弟姐妹，唯一對我好的，就只有你了，你千萬不要離開我，好不好？」她抱住了他。

「好、好。」他拍著她的肩頭。

「告訴我你愛我。」

楊顓伊身體一僵，他沒有辦法像以前那樣給她保證地說出口。

梁雨竹抬起頭來，眸中盡是恐懼。「顓伊？」

楊顓伊神情複雜，半闔的雙唇吐不出保證。梁雨竹渾身打了個哆嗦，連話都是顫抖的。

「你……你愛她，對不對？」

「雨竹，我……」他沒想到會在這種狀況之下跟她攤牌。

「你愛她對不對？」她的聲音陡地尖銳了起來。帶著不相信與恐懼，她摀住了嘴巴，不斷的說道：「不、這不是真的，我不相信，這不是真的、不是真的……」

「雨竹，妳聽我說……」

「不要說了！你愛她？你真的愛她？」她的天垮了。

楊顓伊想要承認，卻止在她那副受傷的表情。

「雨竹，我不想傷害妳……」

「你怎麼可以這樣？」原本止住的淚水又再滑落下來，她近乎歇斯底里，「你不是愛我的嗎？你怎麼可以又愛上別人？你不是答應要照顧我一生的嗎？」

「我的確是會照顧妳……」

「那為什麼不愛我？為什麼？你不是跟我求婚了嗎？」她抬起帶著戒指的無名指，含淚指控。

楊顓伊的心不斷地下沉，對自己的輕率而感到愧疚。他心情沉重，決定吐出：

「雨竹，我會好好的照顧妳，可是不是愛情。一直以來，我以為我對妳的是愛情，可是遇到田馨之後，我才發現，我對妳只有哥哥對妹妹的感情，我的愛，是給田馨的……」

「說謊！你在說謊！」她不斷的搖頭。

「雨竹，我真的很抱歉。妳冷靜點好嗎？」

「冷靜？你要我怎麼冷靜？」她淒慘的笑了起來，「你說你對我是哥哥對妹妹的感情，那我呢？我並不是妹妹對哥哥的親情呀！」

楊顬伊如遭棒喝，對自己的作為感到懊悔。

如果沒有遇到田馨的話，或許他就會娶她了吧？但是在田馨進駐到他的世界、他的生命之後，他發現了另外一片窗，愛情不是在憐憫中打轉，而是可以有更多的心動、怦然，因為另外一個人而使整個靈魂都震撼著。

「對不起……」這是他僅能吐出的話了。

對不起？對不起？梁雨竹睜大眼睛看著他，感到心都乾了、裂了，她付出了這麼多，就只得到這一句對不起？

嘴角上揚了起來，梁雨竹笑了起來，卻是笑中帶淚。「對不起？哈哈……對不起？」

「雨竹？」他上前了一步。

「不要過來！」她大吼，身體也不斷向後退，「是她是不是？那個叫田馨的？她憑什麼跟我搶你？是她，都是她……」

「不關她的事！」

「田馨，好，好個田馨，我就讓她做不成你的甜心。」梁雨竹咬牙切齒的道，她頭一轉，背脊挺得直直的，大步離去。

楊顗伊想要追過去，她已經進了電梯，留下一道難題給他。

第七章

田馨臉色蒼白、神情空洞，軀體木然，彷彿是個木頭娃娃，毫無感情的看著前方。

楊顓伊望著她，心痛的呼喚：

「田馨……田馨，妳說說話啊！」

田馨沒有說話，只是木然的看著他。

「田馨，妳不要這樣！」他握著她的肩，田馨推開了他的手，退後了一步，楊顓伊驚愕的望著她，她把他推開？

田馨的口中，緩緩的吐出：

「你該找的是梁雨竹。」

「妳在說什麼？」楊顓伊吃驚的望著她。

不想讓自己更難過，田馨轉身就要離去，楊顓伊大步上前，將她身體扳了回來，強迫她正視他。

「田馨，不要走！」

「如果不走的話，我能怎麼辦呢？」田馨回過頭來，表情淒楚而哀怨，她努力掩飾自己的悲傷，然而強烈的情緒仍然沾染她的眉稍，痛楚溢滿了五官，連聲音也不能自已的乾縮：

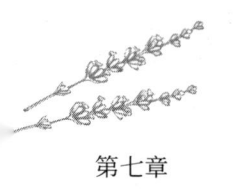

「你原先就是屬於她的，我只是個後來者，是我將你從她的身邊搶走……」

「不關妳的事！」楊顗伊大吼，「妳並沒有做錯什麼，是我一廂情願的愛上了妳！」

田馨抬起頭，原本該感動的話語卻深深刺著了她。

「我知道你愛我，可是……梁雨竹呢？」

「妳知道我對她的不是愛情……」

「你向她求婚了，不是嗎？」楊顗伊一愣，一向溫柔的田馨將怨懟如流水般洩了出來：

「原本我以為……你會解決跟她的問題，我不敢給你壓力，所以我一再沉默，不想跟你談她的事情，免得你難受，可是……你卻向她求婚了？我可以選擇沒有聲音，可以不計較你跟她的過去，可是……妳卻向她求婚了？」她快崩潰了，但是她選擇不哭。

跟他在一起的這些日子，她膽顫心驚、如履薄冰，深怕任何一個呼吸、一個喘氣都會造成他的困擾，所以她什麼也沒有說、沒有做，只是靜靜的陪在他身邊，期盼事情會迎來轉機。

可是……他卻給了梁雨竹承諾。那枚戒指，代表的不只是承諾，更代表了他情感的轉移。

他終究還是選擇了她。

「田馨，不是這樣的……」楊顗伊焦急的搖著頭。

「你跟她求婚了，不是嗎？」她的聲音像浸在水裡，淒楚而迷離，將他的心也變得沉重了。

「那個……我是……」楊顗伊抓抓頭髮，煩躁地嘆氣，他不知道該怎麼說才能解釋，

「田馨，妳要相信我！」

「我很想相信你，真的很想，可是……我做不到……」她摀住嘴巴，努力不讓自己變成被拋棄的怨婦，她還有驕傲，還有自尊。

每個人都以為她很隨和、很溫煦，卻沒有一個人了解她的內心。

就連他也不了解……她是那樣的愛他，可是時間點不對，所以注定要錯過。她痛楚的閉上了雙眼，隱忍著那一波又一波的狂潮，翻攪著她的心……

楊顗伊心疼不已，他多麼想將她擁在懷中，願意成為一塊海棉，將她的痛楚盡數吸收……

察覺到他的意圖，田馨退後了一步。

「不要、不要再過來了。」

「田馨？」他感到心慌。

她是他力量的來源，每當感到快枯竭時，只要看著她、摟著她，聽聽她的聲音、跟她說說話，就可以彌補一天的不足，她之於他，就如同清水之於魚，或許能夠暫時離開，但要從生命抽走，是不可能的。

而現在她的轉變令他措手不及，彷彿……他快失去她了。

「不要來找我……至少，暫時不要。」她沒辦法冷靜，更不知道該怎麼處理這問題。

「田馨……」他走上前。

「不要過來，不要！」她伸手抗拒。

楊顓伊無法漠視她的要求，捏住喉嚨，感到有人將空氣抽走似的，眼睜睜的看著她離去……

※　　※　　※

一連兩天，他都沒有見到田馨，楊顓伊感到快要瘋了。

沒有她！無論他怎麼找，她就是避不見面。這兩天是週末，他沒辦法在公司看到她。傳訊息給她，不讀不回；打她的手機，她關機，拒聽他的留言；就連到她家門口，他也見不著她，倒是先被田仲達發現了。

「咦，你……你不是麗卿的兒子嗎？」一大早出來準備散步的田仲達見到楊顯伊時，滿臉驚訝。

「伯父好，請問田馨在嗎？」楊顯伊站直了身體。連續幾天沒有好眠，他的黑眼圈相當明顯。

田仲達訝異的看著眼前的年輕人，雖然相當落魄，衣衫皺巴巴的，頭髮凌亂，然而他所散發出來的氣質卻令人印象深刻，就像是個發光體，雖然蒙上塵垢，仍是不容忽視。而他一大早就在這裡，又問到田馨，是為了什麼？難道……

「你找她有什麼事嗎？」田仲達反問。

「我想跟田馨談一談。」

「你跟她有什麼好談的？」除了兩、三個月前見過面，他們還有來往嗎？

「我不是故意讓她傷心的，只是事情還沒有處理完，我沒有要讓她難過，伯父，請您讓我跟她見一面好嗎？」楊顯伊急切的道，他所流露出來的情感令田仲達感到吃驚。

「你是說……小馨這幾天心情不好，都是為了你？」田仲達感到不可思議，「你們什麼時候在一起了？」

楊顯伊不打自招，感到十分狼狽，原本他們就還沒計劃將戀情曝光，這下田仲達知道了，他也不再隱瞞，道：

「請您讓我見見田馨好嗎？」

田仲達看看他，想到田馨這幾天愁眉深鎖、暗自流淚的模樣，他當然想要找出凶手，可是無論他怎麼問，田馨也不肯講。現在楊顓伊出現了，他應該要好好教訓這個年輕人才是。可是見他如此神傷，和田馨同樣都是為情所困，看來事情不是他能解決的。再怎麼說，他也是過來人。

「這也要看她願不願意見你。」

楊顓伊眼睛一亮：「謝謝您，伯父，謝謝您！」

「你跟我進來吧！」

田仲達帶著楊顓伊進了屋子，對著在田家服務的黃嫂道：

「去把小姐叫下來。」

「是。」

黃嫂上了樓梯，楊顓伊也在樓梯底下不斷的往上望，以為這樣就可以把佳人盼下來，可是他失望了，下來的不是田馨，而是黃嫂。

「老爺，小姐說她不願意下來。」

「她為什麼不願意下來？」田仲達也驚訝了。

「不知道耶！不過……小姐好像有點激動，跟平常不太一樣。」黃嫂服務田家這麼多年，這也是她第一次見到田馨在發脾氣，她也感到困惑。

楊顗伊向田仲達求救：

「我可以上去嗎？」

「等一下，雖然我不知道你們出了什麼事，但是小馨跟她媽一樣，平常是溫柔可人、好聲好氣，一旦固執起來，也沒人說得動。我看不如等她消了氣，你再來看她。」

「可是……」

「不如你先告訴我，你怎麼會跟小馨走在一起吧？」田仲達相當好奇，之前不是讓他們相親沒成功，現在怎麼走在一起了呢？

楊顗伊還不時瞧著樓上，田仲達則把他帶到了客廳，探索著他要的內容。

※　※　※

而在二樓的田馨聽到底下傳來楊顗伊的聲音，她忍住了想要見他的衝動，畢竟心傷得太深。

她早就發現他過來了，睡不著的她本想迎接晨曦，沒想到卻發現他在樓下。

他竟然來了！

他是什麼時候來的？在樓下站多久了？還是……他一整夜都站在那裡？想到這裡，田馨就激動不已，他為什麼要這麼做？她承受不起呀！

不是她不給他機會，而是……他已經給梁雨竹承諾了，不是嗎？

田馨撫著胸口，跟那一波又一波的痛楚抗衡。今天如果兩個人都還乾乾淨淨，沒有婚約的誓盟，那她並不會放棄，所以她才放任自己愛上他。

可是……他卻為她套上了戒指。

承諾已定，誓盟已約，那也沒什麼好爭的了。田馨知道他已經有了打算，他還是從一而終，堅貞執著，這也是她所堅持的愛情觀——只是對象不是她。

所以她才這麼痛苦。

已經沒有什麼好說的了，他已經為他人生的伴侶下了決定，她祝福他，即使心中滿是遺憾……

※　　※　　※

楊顓伊抓著頭髮，根本毫無心思在工作上，要不是這份東西要在明天一早交到客戶手上，他也不會乖乖坐在辦公室裡。

許久未犯的菸癮又上來了，楊顓伊右手捻著菸，送進嘴裡吸了一口，再緩緩吐出，煙霧容易消散，他的愁鬱卻還是濃得化不開。左手拿過咖啡啜飲，正要放回桌上時，卻不甚失手掉了下來，杯子掉到地上，咖啡濺了滿桌。

「該死！」他跳了起來，擦拭著身上的汙漬。

門打開了，小細走了進來。

「什麼事？」楊顓伊幾乎是吼著問道，這時候誰進來都不對。

小細完全不理會他的暴躁，在公司裡也只有她這個老前輩敢這樣對總經理，她推推鼻梁的眼鏡，拿著手中的公文道：

「『根布雷』那邊傳真過來了，已經翻譯好了，你要過目嗎？」

「放著！」楊顓伊完全沒看她。

「還有工廠那邊說人手不夠，指示是否能再增加人手？」

「隨便！」

「還有……」她故意頓了下來。

「有什麼話一次說完！」楊顓伊暴跳如雷，他快要殺人了。

「咳！咳！」這一聽就知道她在故意拖延時間，小細好整以暇的看著楊顓伊，慢條斯理的道：

「田馨辭職了。」

楊顓伊初時驚愕，臉色逐漸轉為不信，最後才暴躁的道：「她為什麼會辭職？她什麼時候辭職了？」

「她做到這個月底，還有三天。」小細說著就要退出去。

「她人現在在哪？」

「下班了。」

楊顓伊看著時鐘，已經五點了，大部分的人都下班了，他找不到田馨，便把氣出到小細身上。

「妳為什麼不早點告訴我？誰准她辭職的？」

「她並不屬於你的管轄範圍，她要辭職我也沒有辦法，我告訴你只是盡公司員工變遷告知的義務。」小細還是一副公事公辦的嘴臉，楊顓伊看了簡直抓狂，他相信自己快控制不了情緒，隨時可能會殺人。

「出去！」他大吼。

※　　※　　※

田馨低著頭走出了公司，這三天她刻意避開與他見面，同時也知道他最近在忙與俄國那邊的事宜，所以不會來打擾她，她可以悄悄的離開……

只是……心中為什麼有著期盼？

期盼他會出現，期盼他會留她，期盼事情會有轉機，期盼……她是不是要求太多了？

她知道在外人的眼中，她什麼都有，可是……獨缺愛情。

人生……不能太完美，是嗎？

離開公司，她和他就是兩條平行線了，田馨茫然的走著，想到就要離開他的世界，眼前不禁迷濛了起來……

「田馨……」

被悲傷淹沒的她沒有聽到有人在呼喚，等到那聲音大得足以喚起她的注意，楊顯伊已經在她面前了。

「你……你怎麼會在這？」她吃驚的往後退。

「我從妳後面追來找妳的，妳為什麼不肯理我？」楊顯伊有點氣喘吁吁，畢竟她搭電梯，而他從八樓的樓梯奔跑下來是很費體力的。

「我……」她避開他的眼眸，不敢看他悲傷的情緒。

「田馨，」他抓住她，免得她再跑走，「不要走。」

雖然她曾奢想他會挽留她，但是他真的開口了，她反而不知所措，田馨掙扎著想要離開，但是他的力氣好大，她擺脫不了。

「放開我……」

「田馨……」

「讓我走！」

「不行！妳是我的！」

「既然如此，你又為什麼選擇她呢？」她低喊起來，她的音量不大，但從肺腔喊出來的痛苦，卻震碎他的心扉。「你不是已經跟她求婚了嗎？你不是把戒指都套到她手上了嗎？那又為什麼……」她望著他，瞳孔有著激動的靈魂。

楊顗伊複雜的望著她，低切的道：

「我不是故意的，我真的沒有想到，在為她套上戒指之後，我會愛上妳。這種感情的先後順序我根本沒有辦法把握，如果傷害到妳，我真的很抱歉。」他的頭低了下來，看見她的睫毛上沾著不少淚珠。

看到他的痛苦，她於心不忍，再加上貼這麼近，他的體溫透了過來，他的鼻息噴在她的臉上，她心慌意亂……

「別、別過來……」

「不要離開我……」

「你不要這樣子……」她快哭了。

「田馨……」

「既然你已經選擇她了，就好好的愛她，為什麼還要來糾纏我？你這樣只是讓我更難過，你……你就放我走嘛！」再也忍受不住，她哭泣了起來。

「田馨，別哭、別哭……」他慌張起來，見她如此，他的心都碎了。

「我沒有辦法跟你這樣下去，你就好好愛她，好嗎？」田馨已經不知道自己在講什麼了，她只希望他能夠離開。

「我愛的是妳！」楊顓伊喊了起來。

「可是你也愛她！」

「我沒有！」

「要不然你不會選擇她！」

「田馨！」楊顥伊不知道要怎麼阻止她繼續胡思亂想，倏的，他吻上她的唇。

田馨睜大了眼睛，想要推開他，他卻將她摟得更緊。田馨想要掙扎，但楊顥伊完全不給她機會，他緊緊箍住她的雙臂，強硬地將他的情意傳送過去，他要她知道，此生只有她。

她就是害怕如此……害怕他的情意，害怕她無法逃脫，害怕她無法拒絕，他綿綿的柔情透過他的懷抱、他的吻，到達她的心扉。

他的動作雖然強硬，但他的唇卻相當柔軟，含住她嬌柔的唇瓣，舌頭如靈滑的小蛇，探進毫無防禦能力的貝齒，和她的丁香甜蜜的糾纏在一起。

龐大的情潮淹沒了她，田馨一陣虛軟，幾乎站立不住，是楊顥伊扶住她的背，才沒讓她倒下。

「唔……」她嚶嚀出聲。

「田馨……我的甜心……」楊顥伊鬆開了口，仍未放開她，他吻遍她的額、她的鼻、她的臉頰、她的鬢角，只要是屬於她的，他都想嘗遍。

田馨迷濛的看著他，失去了思考能力，她的雙頰酡紅，像染上天邊的彩霞，嬌豔迷人。

「相信我，我愛的是妳，跟雨竹的事，我會解決，只要妳相信我，別再把我推開，好嗎？」他在她耳畔低聲。

「我不知道……」

「田馨！」他的聲音沙啞，像碎裂的沙石。

「梁雨竹她……」

「我會找個時間跟她講清楚，絕對不會讓妳委屈，妳相信我，我保證不會讓她成為我們兩個的阻礙。妳才是我的甜心啊……」他雙眼炯明、信誓旦旦，田馨接觸到他熱實的身體，感到他就在身邊，兩人如此親暱，幾乎要融合了，然而心中的疑慮還是……

「讓我考慮看看好嗎？」

「田馨？」楊顓伊驚疑的看著她，他都說了這麼多，他也感到她剛才的軟化，為什麼她還不能接受他？

田馨並非不能接受他，而是她已經受傷了，沒有辦法馬上釋懷。

「讓我先回去。」她好想休息一下。

「我送妳回去。」

「不用了，我可以自己回去。」從跟他在一起後，就由他接送上下班，現在，她要回去開自己的 MINI　COOPER 了。

楊顥伊只得放她離去，他知道，如果梁雨竹不消失，田馨是無法回到他身邊的。

※　　※　　※

田馨的心情相當複雜，她明白楊顥伊對她有情，但是只要梁雨竹存在一天，她就無法真正坦然。

從一開始到現在，都是如此。

她煩透了，啟動車子準備上路，突然一個人影站在車前，還好她才剛起步，沒有造成傷害。

是梁雨竹，她就站在那裡。

田馨望著她，心底感到顫慄，她不知道要怎麼面對她，她是介入人家情感的第三者，道德上的良心令她無法安心的跟他在一起。她向來最厭惡這種事，怎麼也想不到自己會淪落為這種人。

梁雨竹就站在她面前，臉色蒼白，神情憔悴，看了讓田馨心生歉疚。

她打開車門，站了出來。

「有什麼事嗎？」

梁雨竹怔怔的看了她半晌，沒有說話，然而她哀淒的神情、責難的眼神，都讓田馨好心虛、好不安，如同臨刑的犯人，正在等候最後的審判。

「梁小姐……」

「把顓伊還給我，好不好？」她的眉頭糾結，哀傷的望著她，望著她楚楚動人的臉蛋，田馨無法拒絕，又不想放棄，只得選擇不開口。

梁雨竹望著她，神情越來越痛苦，如同快要溺水的人，緊緊抓住浮木不放，她抓住了她的手，並道：

「求求妳，除了顓伊，我什麼都沒有了，把他還給我好不好？求求妳，把他還給我……」

「梁雨竹，妳不要這樣子。」田馨扶住她虛軟得快倒地的身體，不忍的道。

「只要妳把顓伊還給我，好不好？」

「我……」

「妳這麼的美麗，又這麼的善良，我聽顓伊提過，妳的家世很好，妳一定有很多的追求者。可是我不一樣，我只有顓伊一個人而已，所以……把他還給我好嗎？求求妳……」她的聲音破碎，幾不成語，像是脆弱的瓷娃娃，讓人心疼不捨。

同為女人，田馨無法拒絕，可是……

「我知道我不能跟妳比，我的身世不如妳，」梁雨竹自憐起來，「我只是個孤兒，又沒有父母、又沒有錢財，能得到顯伊的疼愛非常難得，因為他的出現，我才有了希望，而妳什麼都有了，為什麼還要跟我搶顯伊？」

她的指責讓田馨十分難受，忙低喊：

「我沒有！」

「那把顯伊還給我！」

田馨臉色蒼白，她沒辦法提出反駁。梁雨竹的指責讓她自覺是否擁有太多，所以不能再享有愛情？太過幸福的人，是會遭天譴的。

她不能愛顯伊嗎？她也是全心全意愛他的呀！

然而眼前的梁雨竹似乎無法再承受更多的痛苦，她的身體孱弱，還要她的扶持才能站住，她的身世坎坷，孤零單薄，奪去這個女人的希望，是不是太殘忍？

「我跟顯伊那麼多年了，我把一切都給他了，我的人、我的心……我是全心全意愛著他呀！妳知道嗎？」梁雨竹忽然抓住田馨的雙臂，用力的搖著、喊著，田馨被她搖得七葷八素，忙道：

「我知道、我知道……」

「那就把他還給我，答應我！」

「我……」

「把他還給我！他不屬於妳，他是我的，把他還給我！還給我！」梁雨竹突然凶狠起來，把田馨嚇到了，她吐出違心之語：

「好……」

聽到她的答案，梁雨竹睜大了眼睛，似哭非哭、似笑非笑，臉部的抽動讓眼角的淚水滑落了下來，態度一百八十度大轉變，她感激涕零：

「謝謝妳！妳真是個善良的女孩子，謝謝妳、謝謝妳……」

而田馨已經不知道該說什麼了，梁雨竹的淒楚哀怨讓她不忍，她的孤零讓她同情，她的指責讓她自覺擁有過多是個罪惡……

她不能再奢求了，她擁有的比她還多呀！

田馨完全不知道該怎麼辦，她的心頭大亂、思緒翻騰，一顆心也在梁雨竹的攻勢下，漸漸的往下沉……

第八章

不說不笑、不言不語，雖然作息仍照常，但是開朗的氣息消失了，楊顯伊整個人變得陰鬱、寞然，彷彿被人推下深淵，不僅遍體鱗傷，還粉身碎骨，然而真正的軀體並未受到傷害，心靈的創痛因為看不到而更難治療。

方麗卿看到兒子這樣，束手無策。

從田仲達那邊得到的消息，楊顯伊和田馨在一起。這是件好事，原本他們兩個老的就是希望能看到他們有所結果。

怎知卻看到兒子的神傷，令她這做媽的很不安心。

「顯伊，」方麗卿決定問個清楚，「聽說……你跟田仲達的女兒有來往？」她不敢問得太明白，怕刺激他。

楊顯伊臉色微變，沒有說話。

「上次不是邀她來吃飯嗎？看她什麼時候有空，再過來我們家吃飯嘛！」

楊顯伊撥了撥頭髮，不耐煩極了。

「如果不想在家裡吃的話，要不然就到外面吃，我也好久沒有看到她了，你找個時間再帶她過來吧！」

「她辭職了。」

「啊？」

「她已經不在公司上班，也不用來我們家吃飯了。」

「不在公司上班你還是可以跟人家聯絡呀！我覺得你們兩個滿聊得來的，上次在外面散步，還聊了好久……」

「好了、好了！」楊顥伊不好對母親發怒，他站了起來，「我出去一下。」

「這麼晚了你要去哪裡？」已經十點多了。

楊顥伊沒有回答，逕自往外頭走去，方麗卿念頭一起，表情一凜。

「顥伊，回來，我不准你去找梁雨竹！」

「我不是去找雨竹！」他現在最不想看到的就是她。

「那你這麼晚了要去哪裡？」

他也不知道要去哪裡，哪裡都沒有田馨，他只是想逃離家裡，躲開咄咄逼人的方麗卿。

見他沒有說話，方麗卿更加肯定自己的猜測：

「你就待在家裡，已經這麼晚了，明天還要上班，你又出去做什麼？梁雨竹那邊真的有那麼好，讓你半夜還想要飛過去？」

她的話惹惱了楊顥伊，他低吼：「跟她沒有關係！」

「那你要去哪裡？你可以說清楚呀！」

洗了把臉，卻洗不去煩躁，楊顲伊拿過車子鑰匙，不想面對過多的關心。他大步走出去，方麗卿在後面追著：

「顲伊，等一下！顲伊！」

※　※　※

田馨躺在枕頭上，睡姿極不安穩，本來她就沒怎麼睡著，再加上思及梁雨竹今日的表現，她更難入眠了。

她不想奪人所愛，但她也還愛著楊顲伊，才會如此痛苦。

「鈴！」

刺耳的電話突然響起，田馨睜開了眼睛，這個時候誰會打過來？除非是很親近的人，否則是不知道她的專屬電話的。

「喂？」她接了起來。

「田……田小姐嗎？」對方傳來一陣哭泣。

「請問是哪位？」田馨聽不清是誰的聲音。

「我是顲伊的母親……」她還在哭。

聽到楊顥伊的名字，田馨醒了過來。「伯母，您怎麼會打電話過來？」看了一下時間，已經快一點了，心頭突然掉了一下。

「顥伊他……他在醫院……」

「什麼？」田馨大吃一驚，所有的血液直衝腦門，眼前有片刻的黑暗，不過很快就恢復過來。

「他剛剛……一直喊著妳的名字，我只好……只好打電話給妳，看看妳……可不可以……過來看他？」

醫院？顥伊怎麼會在醫院？

像被投下原子彈，田馨的腦袋亂轟轟的，完全無法思考，她是不是在做夢？要不然怎麼會夢到他？

「喂？喂……妳還在嗎？喂喂……」方麗卿焦急的聲音傳了過來。

田馨被她拉回現實。忙問：

「顥伊現在在哪間醫院？」

「在……」方麗卿報出醫院名字，田馨掛斷電話，馬上跳下床，迅速的穿上衣服出門。

※　　※　　※

來到了醫院，田馨到了三樓，找到了在病房外和醫生講話的方麗卿，趕緊迎了上去。

「伯母，顥伊呢？他怎麼樣了？」

「顥伊他在裡面，沒有什麼大礙。」方麗卿神情泰然許多，沒有像一般重症急診家屬那般慌張焦急，田馨安心許多。

「到底是怎麼回事？」

「他出了點車禍，好在只是皮外傷，不好意思，還麻煩妳跑過來。只是我剛到醫院時，聽他一直叫著妳的名字，我那時還不知道他的狀況，情急之下，才會趕快打電話給妳。」方麗卿很不好意思。

「沒關係，那他現在的狀況怎麼樣？」

「有點腦震盪，醫生說要觀察個幾天，不過應該是沒有什麼事。妳要不要先進去看他？我跟醫生談一些事。」

「嗯。」

田馨推開門，走了進去。

由於方麗卿護子心切，執意讓楊顥伊住單人房，裡頭設備齊全，安靜、清幽，環境也溫馨許多。

雖然方麗卿說並無大礙，不過田馨還是很擔心。

走上前，見他頭上包紮著繃帶，雙眸緊閉，然而他的眉頭仍糾結著，是因為她嗎？田馨心頭閃過一絲疼痛。

不知是幾天沒有好好看他了，他的鬢邊、下巴都長出鬍渣了，他一向是很注意自己儀容的人呀！怎麼會變得如此憔悴，田馨看了好心疼，抓住胸口的衣襟，閉上了眼。

等她張開眼時，竟見到楊顥伊也張開眼睛，她嚇了一跳，不敢相信的眨眨眼，他醒過來了？

下意識的轉身要走，手卻被他抓住了。

「田馨……」

「放開我……」她忙掙扎。

「不要！」

「放開……」

見她執意離去，楊顥伊急著想要挽留，想要坐起來，而頭部的疼痛讓他哀嚎一聲，田馨忙上前問道：

「怎麼了？你哪裡痛嗎？」

楊顓伊卻一把抓住了她，指著胸口。「這裡。」

田馨又羞又急，不敢相信這時候他竟然還有心情貧嘴，努力將手抽了回去，罵道：

「你不要胡說八道！」

「妳就這麼不相信我嗎？」楊顓伊望著她，表情淒楚。

田馨啞口無言，她不敢回答，也沒資格回答。

楊顓伊躺在床上，閉上了眼睛。他顯得相當疲憊、虛弱，靜靜的道：

「也不能夠怪妳不相信我，因為我做得不夠好，所以妳才對我這麼沒信心，」他睜開眼，望向虛無的遠方，「可是我真的愛妳，沒有妳，我不知道該怎麼辦，我這一生中只要妳一個人。」

田馨淚眼迷濛，幾度想要發言，卻又不知如何開口。

「田馨，別離開我……」

「我不行……我答應過她的，我不行……」田馨終於哭了出來，要她離開他，她何嘗不是心如刀割？

「妳答應過誰？」楊顓伊回頭望向了她。

田馨沒有說話。

「是雨竹嗎？」

田馨任淚水靜靜奔流，沒有回答。

楊顓伊感到頭更痛了，所有的癥結都來自於她，他沒有辦法怪她，她是一個那麼需要被人呵護的女孩，他可以關心她，可是她需要別的男人來疼她、愛她。

「我愛的只有妳，就算妳答應過她什麼事，我也沒辦法接受，田馨……」他希冀的眼光看著她，「我只希望妳能夠接受我，讓我好好愛妳，其他的，我不會再讓妳困擾的。」

「我……」她心頭大亂。

他的眸光忽然一沉，透露著沉重的悲哀：「妳還是不相信我嗎？……誰叫我做得不夠好，做得太糟糕了，竟然連心愛的人都沒辦法留住。」

「不是這樣的！」她怯怯的喊起來。

「如果妳堅持的話，我只好讓妳離開，可是，田馨……我真的不想放棄妳，真的不想……」他熾熱而痛楚的雙眸望著她，那裡頭有極大的吸力，將她的靈魂吸了過去，田馨激動得無以復加。

「不要這樣說，不要！」她趴在他的胸前哭泣，馬上就將他的衣裳弄溼了一片。

「田馨……」楊顯伊沒想到她會撲過來，便緊緊地抓住她，怕她又離去。

「我也不想離開你，我只是沒辦法面對你和梁雨竹的事情，她愛你愛得那麼深，我……我怕我比不上她……」

「這有什麼好比的？我只怕妳不愛我，田馨，我愛妳……」

「我知道……」

「不要再離開我了。」他摟緊她。

「我……」

「我知道妳擔心什麼，不要在意好嗎？給我點時間，讓我跟雨竹談一談，我會把事情解決的。」他撫去她臉上的淚珠，歉疚的道。她的每顆淚珠，都是他所造成的。

「顯伊……」她已將頭埋在他的胸懷。

重新得到她的信任，重新讓她接納，楊顯伊激動得無以復加，他早就忘了身上的傷痛，他貪婪吸取她身上的香味，要將她的氣息充斥每個細胞，讓她融入他的身體……

一度幾欲分離的兩人，終於在見識到彼此真心之後，重新圓融。

※　※　※

楊顓伊其實並沒什麼大礙，田馨後來才得知他是為了要閃避一個醉漢，才會不小心撞到路邊的。

而她也知道他是因為心情不好，才會半夜開車出去的，田馨更明白他心情不好的原因是因為她，對他也更歉疚，於是這兩天沒有再說什麼，只是在他身邊陪伴著。

而田仲達和方麗卿見到兩人的情況比他們預料的好，也很識相的沒有打擾，盡量將空間留給他們。

「醫生有沒有說你什麼時候出院？」田馨帶來了果汁，倒了一杯給他。

「大概明天吧！本來就沒有什麼事，硬要把我留下來，快悶死了。」楊顓伊調整好位置坐著，接過她遞過來的果汁。

「是怕你會有什麼後遺症啊！你不是有點腦震盪？」

「也不嚴重，沒事的。對了，妳什麼時候回來上班？」

田馨低下頭，沒有說話。她微捲的頭髮落了下來，遮蓋她快一半的臉，看起來更為秀麗，楊顓伊忍不住將頭湊到她面前以便仔細端詳，渴望的道：

「回來上班吧！沒有妳在公司，上班起來很枯燥耶！」

聽他說得甜蜜，田馨臉蛋微微一紅，嬌嗔：

「那你之前怎麼辦？」

「那是我之前不知道有妳的日子是這麼快樂，就像如果現在要我接受沒有妳的日子，是不可能的，」他握起她的手，「回來好嗎？」

「我不知道……」她很困惑。

「回來嘛！妳都不知道妳不在的時候，我有多想妳。」他順勢將她摟了過來，田馨躺在他的胸膛，她掙扎著要起來。「不要走，讓我這樣好好抱著妳……」楊顗伊感性的道，卻被田馨破壞：

「不行！有人會進來。」

「不會的。」

「你怎麼知道不會？」她被壓在他的胸前，俯在他寬而有力的胸膛，像是靠在健壯的山脈，她如一彎流水依傍著。

「剛剛護理師才來過，短時間之內不會有人來打擾我們的。」他說著便俯下身，尋找她柔軟的唇瓣，像蜂蝶採擷花蜜，吸吮著她的甘美。

「唔……不行啦！」她羞紅了臉，怕被人家看到。

「沒關係，一會就好。」

「什麼一會……」田馨還來不及問清楚，他反將她壓在床上，撥開她臉上的髮絲，讚嘆著：

「妳好美。」

田馨臉上的紅暈尚未消退，又一波瀲潮泛起，她的視線閃爍，不敢看他，楊顓伊在她的臉上、額上、鼻間、唇瓣，都烙下他的印記，他的吻像有魔力似的，每次的接觸，都讓她渾身顫慄。

「不……別這樣……」她驚喘著。

「我好想妳，想著妳的每一分、每一寸，田馨，我真的好愛妳，妳別輕易將我推開，讓我好好愛妳。」他擁抱住她，力道之大像是要將她擠碎，然後揉進他的身體。

「顓伊……」田馨已無法思考，只能低喊著他的名字。

楊顓伊吻著她，手指在她的身上游移，她的體溫透過布料傳了出來，不斷的升高，對她的渴望也如洶湧的海水，將他們淹沒。

「馨……」

楊顓伊吻下她的脖子，在鎖骨地方游移，田馨感到緊張起來，他的手從她的背後繞到她的胸前，愛撫著她的胸脯。

「不……不要……」她驚慌起來。

雖然他們已經交往了兩個月，也已經接吻過，但面對這樣大膽的舉動，她還是不由自主的害怕起來。

「我不會傷害妳的。」楊顓伊安慰著她。

「可是……」

「妳只要放輕鬆，什麼都不用擔心，讓我好好愛妳，好嗎？」楊顓伊語調輕柔，深情款款的道。

田馨無法拒絕，身體因他的誘導而變得激昂，楊顓伊扯開她腰間的衣服，男人粗糙的手掌從她柔軟的蠻腰伸了進去，田馨一陣緊繃，全身的汗毛都站了起來。

她的身體好軟、肌膚好軟，楊顓伊兩隻手探了進去，像陷入了沼澤，被吸了進去，不同的是，他不想起來。

「你在做什麼？」察覺到他的手不安分的往上游移，她驚喘起來。

楊顓伊吻上她的唇，讓她無法思考，只有最原始的感官帶領著一切，他來到誘人的雙峰，從山底攀延了上去，扯去了保護，很快握住山頂的雪蓮，它早已經綻放挺立，正巍巍的抖動。

「唔……」強烈的酥麻驚得田馨無法安分，身體動了起來。而原本兩人的距離就相當接近，她的雙腿一動，無意中也接觸到他，感覺到他滾燙得炙人的肌膚。

楊顓伊忽然停下手中的動作，她的動作太敏感了。

而田馨顯然不知道她做了什麼，還在微微掙扎，更不停的摩娑著他已蓬勃的慾望，神經已擴張到極限，他感到汗水滲了出來。

「馨……別亂動。」他沙啞的聲音低喊。

「為什麼？」

他的眼神迷濛，充滿某種情緒，田馨不甚了解，但從她腿間傳來的硬熱物體，她明白了。很快地，她的雙頰泛紅，幾乎不敢正視他。

「了解了嗎？」楊顓伊還問她這種問題，她羞死了。

將頭埋在他的胸前，她根本不敢回答，而他占有著她的女性特徵，想要將它抽出來，被壓在底下的她根本無法動彈。

「不要這樣嘛！」她嬌嗔著。

「妳不喜歡嗎？」

怎麼可以問她這種問題！田馨更難開口了。

又酥又麻的感覺從她的蓓蕾蔓延到全身，她渾身酥軟，從來沒有這種經驗的她無力與它對抗，只能任憑它控制身軀。

「嗯……那你好了沒有？」

她這個問題讓他很受傷，他什麼都還沒開始呢！楊顓伊將身體靠得更近，讓她清楚的感受到他的慾望。

「妳覺得呢？」

怎麼老是問這種她難以啟齒的問題！田馨乾脆來個相應不理，而楊顓伊並沒有放過她，他道：

「碰我。」

「啊？」

楊顓伊將她的手放到他的胸前，伸進衣物裡去，田馨不敢拒絕，更沒想到自己竟然這麼大膽。在他將她的手放進他的胸膛時，她忍不住捏了一把，想不到外表斯文的他，肌肉竟然如此結實有力，難怪她靠在他的胸前，感覺是那麼篤實。

這下換楊顓伊吃驚了，沒想到她輕輕一個撫摸，就像是點燃火苗似的，他的反應更加顯著了。

「痛嗎？」田馨見他表情不對，連忙將手收了回來。

楊顓伊抓住了她。「沒有，妳做得很好。」

「可是……」

楊顓伊將她的手重新放回胸膛，還是熾熱得叫人吃驚，他感到欣喜，捨不得放走她，這一輩子都不會了。

他的雙手向下游移，將她的裙子往上撩起，撫摸著她細緻的大腿，那緊繃而有彈性的觸感，令人忍不住多摸幾把，再往谷底探去……

「等一下……不可以……」田馨喚醒散亂的理智，想要阻止。

「沒事的。」

怎麼可能沒事？他都碰到她那裡了。田馨想要推開，卻軟綿綿的沒力氣，而楊顓伊雖然是個傷患，但只是頭部受傷，手還很靈活，況且男人的力氣本來就不小，他箝制了她想阻止的雙手，在她的底褲外層以中指戳逗，她差點要跳了起來。

「你……你要幹什麼？」她滿臉驚慌。

「妳放心，我不會傷害妳，放心把妳交給我。」

「可是……」

他從邊緣探了進去，發現鼓脹的小丘正漲滿慾望，他靈巧的手指探了進去，立有溼熱的液體流了出來。田馨感到自己的變化，害怕的要求：

「住、住手……」

「不會有事的。」他安慰著她。

「可是……」

他的手指在她的花徑深入又探出、深入又探出，有時候輕輕的撐開，有時候又離開她的體內，讓她充滿空虛……田馨覺得在身體像是有什麼要宣洩出來，她不由自主的扭動著身軀。

「唔……」見著她泛紅的臉龐，楊顥伊更加著迷的看著她。

田馨知道他正在看著她，對自己的反應感到羞澀的她根本不敢面對他，只好把頭偏過去，她不知道要怎麼做，有點模糊的概念，但是又害怕未知的事物，只能聽從他的話，讓他在她的體內律動。

他像勾出什麼似的，她感到一股熱流圍繞住他的手指，送了出去，霎時身體感到一陣異樣的解脫，她有些虛軟……

「握住它。」楊顥伊帶著她的手來到了無法忽視的重要部位，楊顥伊將早已收斂不住的昂長放到她手中，田馨知道她正握著他的壯碩，可以真正的擁有他，讓她心下一陣悸動……

滾燙的慾望似是得到了舒緩，卻又再度攀升，她的手柔嫩得猶如凝脂，而他正被她包圍著，楊顓伊吁了一口氣。

「我就交給妳了。」他語有所指的道。

田馨還不是很了解，然而當他的臀部在移動時，他熱情的壯碩在她手中不斷的上下躍動，她幾乎快握不住。

像是進入到油鍋似的，楊顓伊感到自己被她的小手包圍，正激起熾熱的情慾，他不斷的律動，想要解除那燥人的情慾，而它越來越熾人、越來越旺盛，終於在她甜蜜的濃情之下，獲得了滿足。

第九章

田馨重新回到公司上班，不過並不是待在原來的位置，她被派到海外拓展部，發揮她的所長，比起先前的部門，她更加如魚得水了。

她和楊顯伊的事已是公開的祕密，即使先前有不少追求者，也礙於總經理的身分而不敢下手，但還是有些人堅持要做朋友，田馨也無法拒絕「好意」，和每個人都保持著距離。

「今天那個鍾庭偉找妳做什麼？」下班的時候，楊顯伊走到田馨的身邊問道。

「談跟英國那邊接觸的事呀！」海外拓展部向來跟業務部有極密切的關係，鍾庭偉常跑過來。

「他似乎待了很久？」

「還好吧？」田馨沒察覺有什麼不妥。

「那傢伙……還對妳有意思嗎？」

田馨睜大了雙眼，發現他是在吃醋，心中甜甜的，笑盈盈的道：「他知道我對他沒意思，只是想做朋友而已。」

「只是朋友嗎？」

「小鐘是個好人，他不會亂來的。而且你放心，我絕對不會讓你擔心的，你要相信我。」

「抱歉，我只是……不想失去妳。妳是我的甜心呀！」他摟了她一下，在她臉上親了一下。「妳在這裡等我，我去把車子開過來。」

「好。」

田馨站在大樓前面等他，望著車水馬龍。現在是下班時間，車量多了起來，要回家的時間也會耽擱，不過……那對他們來說並不是問題，能夠多一點時間在一起，是莫大的幸福。

白從在醫院那次有進一步的關係之後，她的心逐漸踏實，她知道他是愛著她的，同時他也不忍傷害她，所以後來即使再和她溫存，到了緊要關頭也停止了。他的愛，由他的行為便可窺視一二。

剩下的，只有梁雨竹，如果她的事情可以解決的話，就更完美了……

田馨眨眨眼，不敢相信她才剛想著，梁雨竹竟然出現在她眼前？只見她眼神驚愕，腳步凌亂，顫顫巍巍的向她走了過來。

「梁雨竹，妳……怎麼來了？」怎麼辦？只有她一個人……田馨看到梁雨竹就害怕，她退了一步。

「妳不是答應過的嗎？為什麼出爾反爾？」梁雨竹忽然大叫起來，把田馨嚇了一跳。

「妳說什麼？」

「妳不是答應過我，要把顓伊還我？結果你們兩個剛剛在幹什麼？他還摟妳、親妳，你們還在一起？」她睜開恐怖的大眼，裡頭還泛著血絲。

「妳聽我說……」

「好哇！原來妳在騙我，說要把顓伊還我，卻偷偷把他搶走，妳這個言而無信的小人，把他還給我！」梁雨竹說著就將她手上的皮包往田馨身上砸，田馨沒想到她會偷襲她，被打了好幾下。

「梁雨竹……妳住手！」她節節敗退。

「不給妳一點教訓，妳是不知道輕重，把他還給我聽到沒？妳這個小三！」梁雨竹用手推她、打她，田馨急忙用手護住自己，梁雨竹拉開了她的手，在她的頭上、臉上、身體都落下了拳頭。

雖然梁雨竹嬌小瘦弱，但打架起來十分驚人，田馨被打得好痛，正想要反擊，梁雨竹卻一個巴掌打了下來。

田馨當場眼冒金星，頭昏眼花，往地下摔了下去。

「不要臉！狐狸精！敢搶我的顓伊，不要臉！」梁雨竹扯住她的頭髮，又是賞了她一個耳光。

田馨當場迸出淚水，她幾時受過這麼大的屈辱？梁雨竹的舉動嚇壞她了。

梁雨竹正打得過癮，高舉的手卻冷不妨被抓住。

「放開我！」她喊道，而後面的人卻攬住她的腰往後拖去。

「雨竹！住手！」楊顓伊將梁雨竹帶離田馨的身邊，又連忙彎下腰查看。「田馨，妳沒事吧？」

田馨驚懼的睜著大眼，手則摀住臉頰，楊顓伊看出她的害怕，心疼不已。

「顓伊！」梁雨竹喊叫起來，楊顓伊這時才回過頭看她。梁雨竹喘著氣，神情詭異，雙眼迸出可怕的目光：「你竟然護著她？」

「雨竹，妳不要無理取鬧！」楊顓伊將田馨扶了起來。

「我無理取鬧？我無理取鬧？」梁雨竹氣不打一處來，剛才的發洩根本不夠。「是誰搶了人家的男朋友？是誰在那邊裝可憐？你什麼都不知道竟然還罵我？」她忽然嚎啕大哭。「我這麼的愛你，竟然比不過那個狐狸精？」她伸手指著田馨，怨毒的目光像是要把她殺了，田馨不由得往楊顓伊的懷裡縮。

「放開他！他不是妳的，放開他！」梁雨竹尖叫起來，指著田馨的手指還沒放下，就直直朝她走了過來。

「啊！」田馨下意識的尖叫起來。

「別怕！沒事。」楊顥伊邊哄著，邊擋住梁雨竹，他責難的道：「雨竹，夠了！這是妳跟我的事情，別扯到田馨！」

「要不是她，你怎麼會變心？顥伊，我愛你，你知道我一直都愛著你嗎？」她的態度忽然一百八十度的大轉變，變得可憐兮兮，「顥伊，我真的好愛你，你看，你給我的戒指我都戴在手上，你回到我身邊好嗎？」

楊顥伊看出她眼神不對，但這時無暇去思考是哪裡不對勁，他只想化解這個狀況，旁邊也圍了越來越多的人。

「雨竹，妳鎮靜點！我們找個地方好好談談好嗎？」

「還要談什麼？還有什麼好談的？你不是要跟我分手嗎？你怎麼可以……你怎麼可以這麼做？」她不斷的變化她的情緒，陰晴不定，一下大叫，一下哭喊，讓人摸不著頭緒。

「雨竹，妳別這樣子。」

「你是我的，你一直都是我的，誰也搶不走！」梁雨竹忽然後退，倏的又回過頭來，望著田馨，那猛烈的氣息都讓所有人都嚇了一跳，「我告訴妳，顓伊是我的，妳搶不走的！」

見她逐漸離去，人群才散場，而躲在楊顓伊身後的田馨再也忍不住，痛哭了起來。

※　※　※

楊顓伊將用毛巾包起來的冰塊放到田馨的臉上，不捨的替她整了整凌亂的頭髮，除了臉蛋，她的手臂，還有身上幾個部分都有瘀青和抓傷，梁雨竹簡直是出了柵欄的老虎，沒有人可以管得住她。

「還會痛嗎？」

「還好。」才正說著，楊顓伊一個不小心，稍微大力碰了她的傷口，她下意識的跳了起來。

「對不起，」他的動作更加輕柔了，「我沒想到雨竹竟然會這樣傷害妳。」

他想不通一向溫柔可人、婉約柔弱的梁雨竹怎麼會變成這個樣子，彷彿變了個人似的。這樣的梁雨竹，不是他所認識的，難道由愛生恨可以讓人轉變這麼大？

「她一定很愛你，才會這麼做……」田馨幽幽的道。

「我愛的是妳，不管雨竹她怎麼說，我愛的都是妳！」楊顓伊急切的道，怕她又鑽牛角尖。

「我知道，」她握住替她擦藥的手，「我從來沒有懷疑過你的真情，我也很高興能跟你在一起，只是她這樣子，讓我感覺好沉重……」

「不該這樣子的……是我的錯。」

「不，我們只是沒有在對的時間愛上對方，沒有對錯之分。」梁雨竹就是在她之前認識了楊顯伊，這是誰也無法改變的事實。

「田馨，我真希望能夠早點認識妳。」

「我也是……」

就是這麼奇妙的，他們認識了，而且都是在對方意想不到的狀況下。更不可思議的，他們相愛了，愛得全心全意、愛得毫無保留，誰也不感到後悔。

「其實……我覺得梁雨竹很可憐。」田馨又提到那令人不愉快的名字。

「可憐？」楊顯伊皺起眉頭。

「她是那麼的愛你，一直希望你可以回到她的身邊，可是卻無法得償所願，所以她才會那麼瘋狂。」如果是她的話，她會怎麼做？跟梁雨竹一樣那麼偏激嗎？

「我只有一顆心，沒辦法分給兩個人，對她……我只感到抱歉。」

「難道不能有更好的方法嗎？」

「什麼意思？」

「就是……在不傷害她的前提下，好好的跟她談一談，她是那麼的無辜，不知道你愛上了我，所以才會在知道詳情後有那麼大的反應，她只有你……」

「田馨，夠了！」楊顗伊打斷她的胡思亂想，「我知道妳很有同情心，不忍心見她痛苦，但是感情這回事是容不下第三個人的，難道……妳想把我送給她？」

田馨沒有答話，她雖然同情梁雨竹，卻沒有大方到把愛人送人的地步。

「這幾天妳好好休息，我會再來看妳。」

「那公司……」

「公司方面沒有問題，現在最重要的就是妳好好的養傷，其他的都不用管。」他吻了她的額頭。「好好待在家裡，我會隨時打電話給妳。」

「嗯。」

※　　※　　※

楊顗伊決定跟梁雨竹好好談一談，他承認自己拖得太久了。一方面是怕傷害到她，沒想到上次她直接跑到公司來鬧，另一方面是他不知道要怎麼跟梁雨竹開口，畢竟曾走過一陣子。

不過現在事情都曝光了，為了減少難堪，也為了他們三個人的將來，楊顓伊決定開誠布公，把話談開來。

雖然已經有了準備，不過心頭還是沉甸甸的。楊顓伊來到了梁雨竹的家門前，雖然之前他常來，也有這裡的鑰匙，不過他還是按了門鈴。

他按了好久，約莫快五分鐘時，門被打開了。

一看到梁雨竹時，楊顓伊就嚇了一跳，梁雨竹本就纖細，一副弱不禁風、楚楚可憐的模樣，然而現在她的臉色卻是毫無生氣的蒼白，原本明亮的大眼卻像兩個洞嵌在臉上，像是闇夜中走出來的幽魂，讓人不寒而慄。

「雨竹？」他吃驚的喊著。

原本空洞的眼神在聽到他的呼喚時，忽然有了神采，梁雨竹看到來人時，她開心的喊了起來：

「顓伊，是你！我等你好久，你終於來了！來，快進來！」她熱烈的招呼他，挽著他進門。

楊顓伊見到她的反應，一時手足無措。她既然已經知道詳情，就應該打他、罵他呀……怎麼她反而興高采烈，彷彿什麼事都沒發生？

「你等一下，不要走喔！」梁雨竹跑進廚房，拿了一碗綠豆湯出來，「現在天氣熱，我知道你最喜歡吃我煮的綠豆湯了。來，這是我特地為你熬的喔！快來吃吧！」

「不用了，我不想吃。」

「我餵你吃。」梁雨竹說著便拿起湯匙，真的要餵他。

「我不要！」楊顯伊將它推開。

「吃嘛！」

楊顯伊一個用力，不小心把碗推到地上，梁雨竹驚愕的望著那碗綠豆湯，原本開心的臉蛋瞬間充滿怨懟，緊接著，淚水蓄積在眼底，她悲戚的埋怨：

「為什麼？你不是很喜歡吃綠豆湯的嗎？為什麼不吃？還把它丟掉……」

「抱歉……」

「我只是想讓你嘗嘗味道，你卻不領情……」梁雨竹低下身來，收拾著碗筷，喃喃唸著，「我一直對你很用心、很用心，一直希望你能留在我身邊，我這麼的小心翼翼，還是沒用……」她忽的起身，轉過來，手上持著破碎的碗片對著他，目露凶狠——

「都是她對不對？是那個叫田馨的女人對不對？」

「雨竹，妳冷靜點！」見到梁雨竹這副模樣，楊顯伊的驚嚇全顯露在臉上。

「冷靜？我的男朋友被人搶走了你要我怎麼冷靜？」梁雨竹突然跺起腳來，不滿的咆哮，「我為什麼要冷靜？你說呀！我為什麼要鎮靜？」

「妳聽我說……」

「我不要聽、我不要聽！」梁雨竹摀住了耳朵，手上的碎片順勢掉了下來，「你只會說些冠冕堂皇的話，我不要聽。」

「雨竹！妳是怎麼了？」楊顒伊忍無可忍，把她的手拉了下來。

「我沒有怎麼了，我只是想要她死！」

「住口！」

「她憑什麼跟我搶你？她不是大小姐嗎？她這個大小姐來跟我這個平凡小百姓搶什麼？我只剩下你了，為什麼她還要搶走你？」眼底的淚水在打轉，梁雨竹看著楊顒伊，她看得好認真、好著迷，還舉起手摸著他的臉蛋，切切的哀求：

「顒伊，你回來好不好？」

「雨竹，我……我愛她。」楊顒伊很困難的講出這幾個字，但是他還是要讓梁雨竹知道他的心，要不然一切都只是在原地打轉。

梁雨竹眼睛睜大了起來，眼白的部分布滿了血絲，她乾著喉嚨道：

「什麼？你說什麼？」

「我愛田馨，是真真實實愛著她的，我不是衝動，也不是一時意亂情迷，我是真的愛她。我知道這樣對妳來說太不公平，但是我還是希望妳能有個好的歸宿，別再因為我而耽誤了。」楊顓伊懇切的道，而梁雨竹搖著頭，退後了兩步。

「不、不，你明明說過你愛我的。」

「我已經跟妳解釋過了，我對妳是兄妹的感情……」

「不要說了！」梁雨竹大吼，「不要只是因為想跟我分手就編可笑的理由！我不要你來安慰我！」

「雨竹……」

「走開！走開！我不要聽那些有的沒有的話，走開！」梁雨竹悲切的道，原本以為他是來道歉，所以才和顏悅色、不計前嫌的招待他，沒想到……

「雨竹，妳聽我說……」

「不要說了，什麼都不要說了！我告訴你，我不會放棄的，我絕對絕對不會放棄，更不會讓你們比翼雙飛！」梁雨竹惡狠的道，她的目光怨毒，誰要是上前一步，就不得好死。

楊顥伊知道現在不是談話的好時機，他只好先回去，等她平靜些時候，再找她談談吧……

看著離去的楊顥伊，梁雨竹大口的喘著氣，而這時電話鈴聲不識相的響了起來，她接了起來：

「喂？」

「梁小姐是嗎？我是賀醫生，妳上禮拜沒有過來找我，那妳明天……」

「明天我沒空。」

「那妳什麼時候方便？」賀醫生已經放寬了語氣，對於像她這樣的患者，他需要更多的耐性。

「再說吧！」梁雨竹掛斷了電話，她才不要去找那個賀醫師呢！什麼身心科，煩死了！她又沒有毛病！

當初只是楊顥伊冷落她，她心裡苦楚，才想找個人聊天，沒想到那個賀醫師後來就一直要她過去，他媽的！她又不是神經病，去找他幹嘛？她要找的人不是他，也不是楊顥伊了，她要找的是……

※　　※　　※

電梯門打開，梁雨竹走進了「東盟」，接待小姐一見到梁雨竹，嚇了一跳。楊顯伊和田馨的事情鬧得沸沸揚揚，何況梁雨竹又是楊顯伊的前女朋友，之前也常過來，接待小姐自然認得她，以至於她不知道要怎麼辦。

梁雨竹走到她面前，接待小姐像看到鬼似的跳了起來，只見梁雨竹雙頰凹陷、氣色灰白，活像行屍走肉，讓人不寒而慄。

「呃……梁小姐？」

「叫田馨出來。」梁雨竹冷冷的道。

「喔……好。」接待小姐畏於她的眼神，低頭撥了內線。「田小姐，外面有您的訪客。」掛了話筒，接待小姐也不敢請她進去坐。因為梁雨竹實在太奇怪了，她感覺到不對勁。

而從裡頭出來的田馨也感到奇怪，這個時候誰會來找她呢？她疑惑的走了出來，看到梁雨竹站在外面，嚇了一跳。

「是妳！」

「妳出來一下。」梁雨竹頭也不回，就往外頭走了。

田馨心下一陣慌亂，不知如何是好，沒想到梁雨竹會來找她，她該怎麼辦，要告訴楊顯伊嗎？不過梁雨竹只要找她，那她還是單獨赴約好了。

懷著忐忑不安的心，田馨跟了上去。

梁雨竹來到頂樓，田馨也跟著她上來，她不懂為什麼要選在這種地方談話，不過她並沒有說什麼，只想知道梁雨竹找她還有什麼事。

梁雨竹遲遲不開口，這讓田馨很尷尬。

「梁小姐……」對上梁雨竹那凌厲的眼神，田馨不禁退了一步，她不知道該怎麼開口了。

梁雨竹上前一步，冷冷的道：

「妳現在跟顯伊……一定很快樂吧？」

「梁小姐，妳這是什麼意思？」

「什麼意思？妳問我什麼意思？」梁雨竹上前兩步，站到田馨面前，她所散發出來的氣勢像是從地獄來的惡鬼，令人震懾，田馨不敢動彈。「那原是屬於我的幸福，卻被妳搶走了！」

「不、不是這樣的。」她急忙分辯，梁雨竹卻聽不進去。

「妳什麼都有了，卻來跟我搶他？妳太貪心、太自私了！明明答應過的，卻不知羞恥，妳不守信用，妳不是人！」梁雨竹哭喊道，慌得田馨節節後退。

「我沒有、沒有！」

「有，妳有！」梁雨竹大吼，「妳有家世、有背景，為什麼還要跟我這個什麼都沒有的孤兒搶？妳知道嗎？為了跟顯伊在一起，我費了多大的心血、花了多少力氣？妳什麼都沒做，就擁有了他，妳……妳太過分了！」

「我沒有！我們是……兩情相悅的呀！」田馨急忙喊了起來，她擔不上這頂罪名。

不講還好，一講梁雨竹眼裡冒出火來，身體也在顫抖。

「明明就是妳這個狐狸精，拐走了我的顯伊，妳竟然還敢在這裡恥笑我？妳……妳……」她跑向前，將田馨逼到圍牆，整個人就要掉下來了。

「啊！」田馨慌張的叫了起來。

她被逼到圍牆上，梁雨竹又抓著她，不斷的要將她往十二層高的地面推去，此時她的臉凶殘得有如地獄來的修羅，還不斷咒罵：

「妳這個賤人！去死吧！」

田馨半個身體懸在空中，地心引力拉著她的上半身就要往下掉，風吹揚得彷彿她只是張紙屑，一個不小心，她很可能就會粉身碎骨，田馨害怕的尖叫起來：

「放開我！放開我！」她想將梁雨竹的雙手推開，又害怕一鬆手，她就會墜落。

「還我顳伊！還我顳伊！」

「妳放開我！」

「不，除非妳把顳伊還給我，要不然……大不了我們一起死！」梁雨竹驀地大吼，抱著玉石俱焚的想法，她決心除去田馨。

田馨大駭，梁雨竹來的時候，狀態就已經不對了，而自己還跟她單獨前來頂樓……她應該早就察覺她的意圖才是。

「梁雨竹，妳放手！」

「把顳伊還給我！」

「放手！」

「說呀！說把顳伊還給我，我就放手，說啊！」梁雨竹雙眼泛紅，露出嗜血的狠毒目光，這麼簡單的要求，田馨卻不肯答應，她更抓狂了。

她暴吼。

「去死！」

一心一意要置田馨於死地，梁雨竹的腳下一滑，整個人往前飛了出去，田馨也順著她這個力道，兩個人一起往下掉——

「田馨！」

一聲驚怒交加的巨吼穿破雲霄，聽到消息趕來的楊顓伊見到這個狀況，血液頓時凝結，他大吼一聲，衝上前抓住田馨。

「啊——」

田馨驚魂未定的緊緊抓住楊顓伊，在千鈞一髮之際，他將她從鬼門關拉回，她唇色發白、全身顫抖，耳邊還傳來梁雨竹淒厲的叫聲。

田馨下意識的回過頭，楊顓伊卻把她擁入懷。

「不要看！」

雖然位居十二樓頂層，但下墜的力道非常大，田馨即使躲在楊顓伊懷裡，還是可以聽到落地的聲響。

察覺到發生什麼事，田馨閉起眼睛，低頭喊叫了起來——

第十章

警察趕來了，媒體也來了，還有四周圍觀的民眾，聲浪匯集，不斷侵擾著田馨的耳朵，她方從鬼門關回來，又碰上這種場面，她嚇壞了。

楊顓伊為了保護她，謝絕媒體採訪，跟警方談妥，同意晚點再做筆錄——所有的一切，由他來面對。

整件事像激越而起的浪花，閃瞬即逝，然而所造成的影響，卻在不同人的心中掀成波瀾。

田馨待在家裡，看著電視新聞，恍惚了。

媒體不斷的報導，每一家、每一臺都在重播，時時敲醒她的記憶，不肯讓她遺忘。

她好想尖叫，好想這只是一場夢，讓她逃得遠遠的，但她不能，因為這場夢未醒，她還在裡頭煎熬……

「小姐，楊先生來了。」黃嫂進來通知。

「請他離開。」田馨頭也不抬。

「呃？小姐，妳不見他？」

「妳請他離開就是了。」

黃嫂還想說什麼，但田馨沉默的樣子令她疼惜，只好退了下去，見到楊顓伊，無奈的道：

「楊先生，很抱歉，小姐不願見您。」

「為什麼？」楊顯伊驚訝不已。

「小姐就是不想見人。」

「上次她也是這樣，田馨她到底是怎麼了？」楊顯伊不解，事情已經過了三、四天，田馨不去上班沒關係，問題是他來找她，她還不見他？

「很抱歉，我不曉得。」

「她不找我，我去找她。」

「這樣不太好……」

楊顯伊沒有理會，逕自往樓上走，黃嫂連忙在後面追趕。「楊先生，您別這樣，楊先生！」

楊顯伊來到田馨的房間，打開了門，田馨坐在床上，聽到聲音，把頭轉了過來。

黃嫂追了過來：「小姐，楊先生他……」

「沒關係，妳先下去吧！」

黃嫂聽了，才安心的退了下去，楊顯伊走了進來，問道：

「田馨，妳還好吧？」

「我很好。」田馨淡淡的道。

「那妳這幾天為什麼不肯見我？」好不容易處理完梁雨竹的事，他現在最想做的，就是好好把她抱在懷裡，她卻遲遲肯人。

田馨沒有說話，楊顗伊可急了。

「田馨？」

半晌，田馨抬起頭來，望著他，那雙靈黠的雙眸失去了原有的神采，只聽她幽幽的道：

「我很累。」

「妳怎麼了？哪裡不舒服嗎？」楊顗伊擔憂的道。

「不是身體，是……這裡。」田馨指了指胸口。

「妳在說什麼？」楊顗伊莫名其妙。

田馨望著他，視線卻在遠方，楊顗伊抓不住她的焦點，心頭一沉，有種不好的預感……

「你不要再來了。」

「田馨，妳在說什麼？我不懂。」楊顗伊連忙抓住她的手，免得失去她。

田馨抽回手，楊顗伊想再抓住她，田馨不肯給他機會，「你回去吧！以後不要再來了。」

「田馨，妳到底在胡說什麼？」楊顗伊又驚又駭。

「我知道你愛我，我也很感激，可是……我沒有辦法，只要一想到梁雨竹，我就……」她的眼角緩緩淌出淚水。「只要我們在一起，我就沒有辦法忘記她是怎麼死的……」她抱住頭，痛苦不已。

「她的死是個意外！」

「我知道，可是如果沒有我的話，她也許就不會死了。」她的心頭淌著血，眼神盡是悽然。

「田馨，妳不要這樣想！」楊顗伊急了，他怕她接下來講的話，不是他所能承受的。

「我沒有辦法！」田馨喊了起來，「她抓住我，要求我把你還給她，然後下一刻……她就死在我面前……」雖然沒有親眼見到她落下的狀況，但是梁雨竹已在她內心深處產生陰影。「好像是我……把她害死的……所以我沒有辦法忘記，我沒有辦法放開心胸跟你在一起。」她哭喊著。

「田馨！別這樣子，妳並沒有害死她！」

「我雖然不是凶手，卻跟我脫不了關係，」她痛苦的道，「我不知道……我不知道該怎麼辦了。」她抱著頭喊道，強烈的罪惡感啃蝕著她的心扉，讓她傷痕累累。

「田馨，妳聽我說，我們好不容易可以在一起了，不要把我推開！」楊顣伊手足無措，他不知道要怎麼安慰她，他知道她既單純又善良，可現在難道要因為梁雨竹的死，而阻礙他們之間的情路嗎？

「你走開，好不好？」

「不！我不會離開的。」他們好不容易能夠在一起，她卻要推開他？

「拜託你，別這樣子！」她乞求著。

「田馨……」

「求求你，顣伊，不要逼我好嗎？」只要一看到楊顣伊，她就會想起梁雨竹哀怨的眼光，那眼神向自己做著最嚴厲的抗議。

「田馨！」楊顣伊不懂事情怎麼會變成這樣子。

「拜託……」田馨把自己埋了起來，她沒辦法面對他。

楊顣伊彷彿被人狠狠打了一拳，滿臉不敢置信，他往後退了一步。這個打擊不是來自別人，也不是梁雨竹，竟然是田馨……他最愛的小甜心，竟然將他推開，這更令人難以承受。

「田馨……」

「你走開。」嗚咽的聲音從她埋著的身體傳出。

楊顗伊神情陰鬱，他的臉色灰白、血色盡失，感到氣力正一點一點流失，她推開他的同時，也指責著他的不是。

「妳……在怪我嗎？」他啞著嗓子問。田馨將頭從身體裡抬起來，聽著他道：「是我，讓單純的妳掉入了我的感情世界，讓妳嘗盡了苦澀，只帶給妳痛苦，甚至讓妳看到了死亡，是我……」

田馨早已淚流滿面，聽到他痛苦的聲音，想說什麼，卻說不出來。

「也對，我對妳並不公平，想要跟妳在一起，卻沒有為妳著想。」楊顗伊別過頭，不敢看她嫌棄的眼神。「我知道……我很自私……所以……如果妳不想再見到我，我可以了解。」

不……不是這樣的，她只是不知道要怎麼面對這一切，雨竹的死，造成了她很大的衝擊，她的腦筋還一片混亂……

「我走了。」

他等待她的呼喚，等待她能留下他，但是她沒有，楊顗伊胸口一窒，他明白，他失去了她。

等田馨回過神時，已不見他的蹤影。

※　※　※

時間悠悠而過，不論是什麼社會事件，早已經被人淡忘，除非是當事者，否則沒有什麼人記得。

玻璃窗外的人來人往、熙熙攘攘，就像是另外一個世界，跟她沒有關係，她的感覺，已經封閉了。

田馨坐在店裡，選擇一個最安靜的角落，靜靜的看著外面，桌前的花茶她一口也沒動。

「好累，好累，累死人了。」莊靜玉坐到她面前，明明店裡已經開了冷氣，她還頻頻以手作扇，不斷的揮舞著去熱。「咦？田馨，妳這個花茶怎麼還沒喝？這花茶就是要趁熱的時候喝才好喝，妳怎麼一口也沒動？」

「什麼……喔？」她恍若大夢初醒。

「什麼什麼？妳在發什麼呆？」

「沒有呀！」

「還說沒有？我剛像在喚魂似的，叫了半天，才見妳有回應。對了，妳不是跟那個楊顯伊楊大帥哥在一起嗎？最近怎麼都沒見到他？」莊靜玉說時還左右張望，彷彿楊顯伊就在她身邊。

「妳怎麼知道？」田馨愣了一下。

「新聞報得那麼大，再加上我的聰明伶俐，怎麼會不知道妳跟誰在一起呢？」田馨臉色一變，莊靜玉連忙打圓場：「哎喲！妳幹嘛啦？跟帥哥在一起是好事，又不是什麼見不得人的事。」

田馨眼色一斂，沒有說話。

莊靜玉好奇的俯下身，追問著：

「怎麼了？你們分手了？」

「沒有……」她幽幽的道。

「那就好，下次你們兩個一起來，讓我請個客嘛！沒想到妳會跟他在一起，真是令人意外。」莊靜玉喜滋滋的，彷彿她才是那個女主角。

「好了，不要說了。」田馨低喊起來。

莊靜玉終於正經起來，嚴肅的問道：

「為什麼不能說？我有哪裡說錯嗎？」

「靜玉，有個人死了……」田馨充滿歉意，也有愧疚。

「我知道呀！可是那又怎麼樣呢？而且人都死了，還能怎麼辦？」

「靜玉，我想妳也看到新聞了，妳不知道當她從我眼前掉下去時，我簡直快崩潰了，有時候……我真想死掉的是我算了！」田馨痛苦的道。

「喂喂！田馨，妳可別做這種傻事！」莊靜玉嚇了一跳。

「我知道，我只是……受不了，我覺得好對不起她……」她依舊充滿悔恨。

「為什麼？」莊靜玉不解的望著她。

「要不是我跟顓伊在一起，她就不會因為我而死亡，我總覺得……是我搶走了她的男朋友，是我害死了她。」

「田馨，妳想太多了，感情的事，本來就是你情我願，楊顓伊他會喜歡上妳，這也不是妳能阻止的事，再說，妳也喜歡他，你們不是兩情相悅的嗎？」

「可是……雨竹也喜歡他……」

「那是她的事呀！你跟楊顯伊兩個互相愛慕，她才是真正的第三者。」莊靜玉分析給她聽。

「她本來是他的女朋友……」

「我知道，本來呢，我對那種半途殺出、搶人家男朋友的女人也沒什麼好感……不過呢！在我知道楊顯伊並不喜歡她，他喜歡的是妳的時候，我就覺得感情這種事沒有什麼先來後到的規則可言，愛上了就是愛上了，誰也說不得準。況且妳又沒有不擇手段，你們都還沒有結婚，在婚前，大家公平競爭嘛！」

「妳說的有點道理，可是……」

「豈止有點道理，簡直非常有道理！」莊靜玉打斷了她的話。「再說妳要搞清楚一件事，我知道妳同情心氾濫，但是拜託妳收斂一下好嗎？她並不是被妳害死的，妳不用為她負責任。」她誇張的道，但也不無幾分道理。

田馨心頭動了一下，她的確是被那股愧疚感啃蝕得體無完膚。

「可是要不是因為我……」

「好啦好啦！我更正，也許妳是要替她負一點點、一點點責任！」為了強調一點點，莊靜玉還特地用食指跟姆指比了個短短的距離，「但是也不用拿妳的感情去還債呀！」

「不用嗎？」她喃喃唸道。

「不用！」她大聲說道，「是那個神經病女人自己把妳約到屋頂上去談判，不小心跌下來，是她要害妳耶！妳怎麼反而替她想那麼多？」警方後來也查出，梁雨竹有嚴重的躁鬱症，才會做出傷害他人也傷害自己的事。

「我沒有辦法……」田馨將視線移到外頭，梁雨竹的死，在她心頭終究是個陰影。

「我才拿妳沒有辦法呢！跟妳講那麼多，妳都聽不懂，腦筋裡只想著那個神經病的死，都沒顧到活人。那楊顓伊呢？他怎麼辦？」莊靜玉一副惋惜的口吻。

「他？」恍恍惚惚的，好像有什麼敲到她的腦袋。

「對呀！他前幾天來過我店裡，我跟他聊了幾句，才知道他因為妳放棄他而失魂落魄，我本來以為你們已經和好了，沒想到……聽妳這樣講，妳真的不要他了，是不是？」莊靜玉相當可惜的道。

「我沒有……」她的心頭很亂。

「妳說沒有，那他又一副失戀的樣子，哎喲！我搞不清楚了，你們到底是在一起還是分手了？」莊靜玉快抓狂了。

「我不知道，我只是……現在沒有辦法見到他，只要一見到他，就會想起這一切，想起梁雨竹……」她閉上眼睛，「無論如何，我就是沒有辦法漠視不管。」

「厚！妳真是傻耶！為了一個神經病放棄他，妳只想到梁雨竹，沒有想到楊顯伊，我覺得妳這樣子好奇怪。」莊靜玉搖著頭道。

「什麼意思？」田馨被她教訓，困惑不解的道。

「就是妳愛人家，人家也愛妳，情敵既然消失了，就應該在一起，怎麼反而搞得這麼亂七八糟？為了一個神經病，忽視了傷心的男朋友不顧，所以我說妳也開始有點神經了。」莊靜玉口無遮攔，反而更敲中了她的心靈。

「他……傷心？」

「對啊！我剛不是說了嗎？他有跑過來這邊，還問我這邊有沒有賣酒，我這裡有咖啡、有果汁，就是沒有酒……說了這麼多，總之，我的意思就是既然他還愛妳，妳也還愛他，就應該好好的在一起，不要因為有的沒有的事情破壞這美好的姻緣，懂嗎？」

田馨猶如醍醐灌頂，恍然大悟，是啊！她怎麼可以為了一個死去的梁雨竹，而忘了心愛的楊顯伊呢？她悲痛，他又何嘗不傷心呢？

尤其在一起經歷過那件事之後，他一定也心力交瘁了吧？那時候，她應該選擇跟他一起面對的。

可是她沒有，反而逃得遠遠的。

所以她累了，他比她更累。畢竟他和梁雨竹曾經有過一段情，她的死，應該也對他造成不小的衝擊，而她只顧沉浸在自己的情緒，忽略了他。

田馨呆呆的坐著，半晌說不出話來。

她只是個任性的、不懂得負責的千金大小姐，只顧著享受戀愛的滋味，卻忘了對方的心情，她明明愛著他的，不是嗎？

「可是我這ㄌ樣……他還會要我嗎？」她傻傻的問。

「妳問我？妳應該去問他呀！」莊靜玉點醒她。

※　　※　　※

從居高臨下的窗口望下去，人物、車子，都顯得那麼渺小，楊顥伊知道，從宇宙上方望下去，他也是如此的微不足道。

菸蒂已經堆滿了整個菸灰缸，空氣中還有著淡淡的菸味，和空氣融為一體。

楊顥伊已經麻痺了，他將手放在玻璃窗上，額頭抵了上去，視線則不知落向何方，他的焦點……只有在她身上啊！

可是……他閉上了眼睛，隱忍住內心的抽痛。

他的情感純粹，不論是梁雨竹，或是田馨，都是他用心對待的女孩，並沒有蓄意傷害誰的意圖，就算事情不盡如意，他也希望，每個人都能獲得幸福。

田馨……

即使已經過了幾個禮拜，還是無法將她的倩影自腦海中抹除。她像生了根、烙了印，嵌在他的心上，除非摘下他的心，要不然他無法忘懷她……

田馨……

她一直是他的甜心，讓他的心頭充滿甜蜜、溫馨……而現在，她雖然還住在他的心頭，人卻離去了，縱然想著她的時候會泛起微笑，但是思念卻是苦澀的。

田馨……

該死的！他就是沒有辦法忘記她！

一隻手冷不妨的攬上他的腰，他大吃一驚，轉過身來——他思思念念的俏佳人，竟然出現在眼前？

「田……田馨？」

可能嗎？這是真的嗎？這會不會只是思念過度而產生的幻覺？楊顓伊睜大了眼睛，不敢置信的看著她。

「假日還在加班，你會不會太認真了？」

柔美的聲音在耳畔響起，這不是夢。

「田馨，妳怎麼來了？」他又驚又喜，緊緊抓住她的雙臂，直到田馨低喊起來：

「好痛……」

「對不起、對不起！」他連忙減輕力道，但仍不敢放開她，「田馨，真的是妳嗎？妳怎麼來了？妳……妳不恨我了，是不是？」

「顥伊……」她抓開他的手，柔言道，「我從來沒恨過你。」

「可是……」

「我知道前陣子是我不好，那時候我不知道怎麼辦，梁雨竹的死，讓我很徬徨，我以為離開你，就不會這麼無助了。」

「我知道，是我……」

「不！」她摀住他的嘴，澄澈的瞳眸有著動人的神采，「我們都別再愧疚了，好嗎？」

楊顥伊看著她勃發的氣色，她不一樣了。

「田馨……」

「我一直以為自己已經很愛你了，現在才發現，我愛你沒有你愛我那麼深。你所承受的煎熬不會比我少，你所面對的痛苦不會比我輕，而我只是一味的逃避，以為這樣負擔就可以減輕一點。我忘了，最愛的人……應該要陪在身邊。」她抬起手，溫柔的滑過他的臉頰。

楊顗伊握住她的手，任憑她絲緞般的觸感撫摸著，陽光從他身後的玻璃窗照了進來，兩人的身上都散發出光輝。

「馨，我愛妳。」

「我知道，我也愛你。」

「我以為……差點要失去妳了。」

「不會再發生這種事了。」

「雨竹的事，我很抱歉，在妳來的前一刻，我真的以為我再也看不到妳了，還好妳回來了。」

「不要再說抱歉，那並不是你的錯，」田馨把莊靜玉那一套說辭搬了出來，「她的事並不是我們所能控制，更沒想到她是如此的偏激，我花了好些時間才說服自己不要讓她成為我們的阻礙，我們都沒有存心想傷害誰，不是嗎？」

「田馨……」她就是這麼體貼。

「很多事情，並非我們所願。」

「我明白。」

楊顓伊低下頭，以熟稔的角度吻上她的唇，而田馨也抬頭迎合。兩人沐浴在陽光的洗禮當中，重新出發。

他終於找到他的小甜心了，楊顓伊擁抱著愛情，再也不放開。

電子書購買

國家圖書館出版品預行編目資料

說不了再見 / 梅洛琳著 . -- 第一版 . -- 臺北市 : 崧燁文化事業有限公司 , 2022.06
面； 公分
POD 版
ISBN 978-626-332-400-8(平裝)
863.57　111007701

說不了再見

臉書

作　　者：梅洛琳
發 行 人：黃振庭
出 版 者：崧燁文化事業有限公司
發 行 者：崧燁文化事業有限公司
E-mail：sonbookservice@gmail.com
粉 絲 頁：https://www.facebook.com/sonbookss/
網　　址：https://sonbook.net/
地　　址：台北市中正區重慶南路一段六十一號八樓 815 室
Rm. 815, 8F., No.61, Sec. 1, Chongqing S. Rd., Zhongzheng Dist., Taipei City 100, Taiwan
電　　話：(02) 2370-3310　　傳　　真：(02) 2388-1990
印　　刷：京峯彩色印刷有限公司（京峰數位）
律師顧問：廣華律師事務所 張珮琦律師

定　　價：250 元
發行日期：2022 年 06 月第一版
◎本書以 POD 印製